**Falling in Love**

Evelyne Stein-Fischer wurde in Paris geboren. Nach einem Publizistikstudium besuchte sie die Wiener Kunstschule. Während dieser Zeit unternahm sie zahlreiche Studienreisen nach England, Frankreich und in die Schweiz. Inzwischen arbeitet Evelyne Stein-Fischer als Journalistin, freie Schriftstellerin und Illustratorin in Wien und hat zahlreiche Kinder- und Jugendbücher veröffentlicht.

Evelyne Stein-Fischer

# Falling in Love

**CARLSEN**

Außerdem von Evelyne Stein-Fischer im Carlsen Verlag lieferbar:
*Herzsprünge*

Veröffentlicht im Carlsen Verlag
März 2005
Mit freundlicher Genehmigung des Ueberreuter Verlages
Originalcopyright © 2002 by Verlag Carl Ueberreuter, Wien
Umschlagbild: Getty Images
Umschlaggestaltung: Doris K. Künster / Britta Lembke
Corporate Design Taschenbuch: Dörte Dosse
Gesetzt aus der Meridien von Dörlemann Satz, Lemförde
Druck und Bindung: GGP Media GmbH, Pößneck
ISBN 3-551-36307-2
Printed in Germany

**Alle Bücher im Internet: www.carlsen.de**

# Sarah

*Er hätte es mir sagen müssen.*
*Unsere Geschichte war so schön.*
*Sie hat begonnen wie ein Märchen.*
*Und wie endet sie?*

Nichts schien darauf hinzuweisen, dass ich an jenem Tag, als unsere Geschichte anfing, etwas Außergewöhnliches erleben sollte ...
Untergrund. Betontunnel. Dumpfer Geruch. Trostloses Licht. Zu viele Menschen. Die U-Bahn braust heran, die Schiebetüren öffnen sich, ich werde hineingedrängt, der Mann hinter mir stößt mir seine Aktentasche gegen die Beine. Wenn ich einen Fensterplatz erwische, kann ich raussehen und brauche nicht auf mein Gegenüber zu starren, auf den Boden oder zwischen den Köpfen hindurch. Manchmal spiegelt sich mein Gesicht undeutlich in der Scheibe, so dass mein brauner Fleck über der linken Braue wie weggewischt scheint, die Haut rein. Nur die Augen haben in dem dunklen Widerschein keinen Glanz. In Wirklichkeit sind sie ausdrucksvoll. Manchmal strahlen sie.
Besonders wenn ich Temor auf dem Schulhof sehe.

er ist zu schüchtern. Ich werde wohl den Anfang ~~ma~~chen müssen.
~~A~~ber wie?

Ein Sitz am Fenster ist noch frei. An der Scheibe die Aufschrift: Bitte überlassen sie älteren und behinderten Personen diesen Sitzplatz.
Ein Mann mit grauem krausen Haar lässt sich neben mir nieder, liest halblaut den Hinweis. Gleich wird er mir sagen, dass ich aufstehen soll. Wie will er wissen, dass ich nicht behindert bin?
»Weißt du, in meinem Land, als ich jung war, war es nicht nötig, solche Sätze aufzuschreiben.« Seine Stimme klingt wie ein Erdrutsch. »Wir wussten von selbst, was wir zu tun haben. Ich komme aus Brasilien.«
Okay. Ich komme vom Mond. Lass mich bloß in Ruhe.
Ich beschließe, nicht zu reagieren. Am Mond spricht man keine Erdensprache.
Ich blicke stur hinaus auf die von Neonlicht bestrahlte Betonwand. Darauf Werbeplakate mit ewig fröhlichen Gesichtern.
Sie verstärken meine schlechte Laune.

Ich habe keine Lust, nach Hause zu fahren. Bei uns ist seit einem Jahr die große Kälte eingezogen. Mama kommt erst abends, meine ältere Schwester gar nicht. Sie hat sich für eine Wohngemeinschaft entschieden und bringt nur noch ihre Schmutzwäsche mit und manchmal ihr Lachen. Ihres ist immer echt. Bestimmt

hat sie schon gelacht, als sie aus Mamas Bauch geholt wurde. Ich soll hingegen geschrien haben, dass meine Mutter Angst hatte, ich könnte ersticken.
»Ist das normal?«, war ihre erste Frage.
»Sie freut sich auf der Welt zu sein!«, antwortete der Arzt.
»Sie protestiert, dass sie hier ist«, antwortete die Hebamme.
Sie hatte Recht.

Es ist alles viel zu ernst.
Ich versuche ein Lächeln.
Es gelingt nicht. Nicht auf Knopfdruck.
Einige in meiner Klasse können das. Fröhlichkeit vorspielen, total gut drauf sein. Nach außen. Meine Freundin Jessica kann das auch.
Weinen sehe nur ich sie.

Das Dahinrollen des U-Bahn-Zugs vibriert in meinem Körper, ich überlasse mich dem Kribbelgefühl. Noch elf Stationen, dann steige ich aus. Zeit wegzudriften. Ich bin dabei, mich zu häuten wie eine Schlange, lass das Bild der braven, angepassten Sarah Hautfetzen für Hautfetzen hinter mir. Schon der Versuch ist schmerzhaft. Und doch macht mir der Gedanke Mut. Ich habe wieder Lust auf die Welt, dort, wo sie anders ist.
Raus aus den Verboten.
Raus aus der Enge.
Raus aus der Clique.

Plötzlich bleibt der Zug mit einem Ruck stehen. Ein Aufschrei von der dicken Frau mir schräg gegenüber, weil ihr die Wurstsemmel aus der Hand gefallen ist. Ihr Dreifachkinn schwabbelt, ihr Busen wabbelt. Die Fahrgäste sehen einander erschrocken an. Wir stecken mitten im Tunnel fest.
Vielleicht liegt ein Mann vor den Schienen.
Selbstmord.
Ich höre eine Männerstimme schreien, kann nicht feststellen, ob sie von draußen oder vom angrenzenden Waggon herüberdringt.
Ein Scheinwerfer huscht in der Dunkelheit über die Fenster.
Die dicke Frau säubert ihre angebissene Wurstsemmel mit dem Einwickelpapier, isst weiter. Jemand zündet sich eine Zigarette an, steht auf, versucht aus dem Fenster zu sehen, zuckt mit den Achseln, setzt sich wieder.
Habe denn nur ich Angst?
Jetzt rieche ich es. Feuer! Es ist ein Feuer ausgebrochen, schnell um sich greifende Flammen lösen in meinem Kopf die Selbstmordszene ab, mein Herz beginnt zu rasen.
Da fahren wir auch schon wieder los.


»Ihre Tochter hat zu viel Fantasie. Leider am falschen Platz!«, hat die Deutschlehrerin zu meiner Mutter gesagt.
Wie will sie wissen, wohin meine Fantasie gehört? In den Schrank gesperrt? Aus dem Fenster gehängt und

dem Wind überlassen? Was ist zu viel. Was zu w
Dürfen es hundert Gramm mehr sein?
Fantasie habe ich. Eine Unzahl schöner und schrecklicher Bilder im Kopf. Und genauso viele Zweifel.
Tausend Fragen an mich. An andere. An den lieben Gott.
Ist er wirklich lieb? Oder grausam?
Meistens mag ich die Antworten nicht.
Manchmal bekomme ich keine.
Heute ist so ein Tag.
Ein Zweifeltag.
Ob ich die Schule je schaffen werde? Oder sie mich?
Und was mache ich danach, wenn ich das Ganze hinter mir habe?
Ich möchte ...

»Sorry!«, sagt jemand, der über meinen Fuß stolpert und auf den Sitz mir gegenüber fällt. Samt voll bepacktem riesigem Rucksack, aus dem eine große weißgraue Vogelfeder ragt. Ich sitze wieder einmal mit weit von mir gestreckten Beinen wie ein Junge, ziehe sie zurück, blicke verlegen hoch.
Erstarre.
Alle Gedanken weg. Leerer Kopf. Bin ganz Augen. Ganz Herzschlag. Was für ein Junge! Auch er hat mich wahrgenommen, in einer einzigen, außerirdischen Sekunde. Ein Blick, der sich in meinem verfängt. Er stellt seinen Rucksack ab, prallt wieder mit dem Knie an meines. Seine Beine sind zu lang für den engen

Zwischenraum. Der Stoß gegen meinen Körper elektrisiert mich.
»Sorry!«, sagt er noch einmal und wird rot. Ich kann es trotz seiner gebräunten Haut erkennen, während er mir in die Augen sieht und etwas geschieht, genau jetzt, in dieser grellen Sekunde.
Mit mir.
Mit uns.
Vielleicht hat der Mond soeben die Sonne geküsst, auf einer geheimen Himmelsbahn.
Ich erlebe, dass dieser Blick mich anfasst, mich hochhebt, durch meine Schutzhaut dringt, in jede Pore, sich in den Kopf tanzt, dass ich verloren bin und nie mehr aus dieser U-Bahn aussteigen werde.
Außer, der Junge steigt auch aus.

Ich kann ihn in der Fensterspiegelung beobachten. Nur die Farben fehlen, aber die habe ich in mir. Gemeinsam mit meinen Gefühlen fügen sie sich zu einem wilden Puzzle.
Dieser Mensch gleicht keinem, den ich in meinem Umfeld kenne. Eine erdige, hautnahe Ausstrahlung. Sein Äußeres staubig. Lässig. Um den Hals ein dünnes Lederband mit einem Raubtierzahn. Zerzaustes maisgelbes Haar in dichten dicken Strähnen. Augen wie das Meer, dort, wo es am tiefsten ist und mein Vater mich warnt, in die Nähe der gefährlich dunklen Flecken zu schwimmen.
Sein Gesicht fasziniert mich.

Schmal, mit einer geraden Nase, ein etwas breiter Mund mit einer frechen Oberlippe, ein bisschen schief, als hätte gerade noch eine Zigarette zwischen den Lippen gesteckt. Ein ausgeprägtes Kinn mit winzigen Bartstoppeln, dunkel und hell. Es wirkt geheimnisvoll und offen zugleich, wie eine Landschaft mit sichtbaren und verborgenen Stellen.
Seine Kleidung ist sportlich, aber abgetragen wie nach einem langen Marsch.
Das ist einer, der von weit her kommt.
Einer, der durch den Urwald oder die Wüste gewandert ist.
Wieder sieht er mich an. Er glaubt, ich bemerke es nicht, weil ich scheinbar aus dem Fenster starre. Doch ich sehe nur ihn. Die Menschen um uns schwimmen auf Luftblasen davon, sogar die füllige Frau, die mich eben noch mit ihrem Geruch von Wurst und Knoblauch bedrängte, löst sich auf.
Der Junge klemmt seinen Rucksack zwischen die Beine, er lächelt mich an.
Ich lächle vorsichtig zurück. Falle in einen Lichtsee. Tauche unter. Stillstand mitten im Kosmos. Wir kennen uns. Seit Jahren. Haben schon einmal Körper- und Seelenworte getauscht an einem Ort ohne Namen.
Der Zug fährt in die nächste Station ein.
Rollt weiter.
Fährt wieder ein.
Rollt weiter.

Wir blicken einander an und wieder weg. An und weg. Bis ich seinem Blick nicht mehr ausweiche. Der Lichtsee nimmt mich auf, mir wird heiß, kalt, kalt, heiß, ich grabe mit dem Zeigefingernagel eine Kerbe in meinen Handteller, blutrot.

»Excuse me. Ich glaube, ich muss bei der nächsten Station raus«, sagt der fremde Junge. »Do you know where we are right now?« Die Stimme hat einen leisen heiseren Klang. Er blickt aus dem Fenster, versucht den Namen der Haltestelle zu entziffern.
»Das ist die Station Stadtpark«, sage ich. »Wo genau musst du raus?«
»Steinmannplatz. Yes. That's the name.«
»Sind noch zwei Haltestellen«, antworte ich weiter auf Deutsch. »Ich fahr hier jeden Tag von der Schule nach Hause. – Von wo kommst du?«
»Von weit!« Er lächelt, lehnt sich zurück, lässt mich raten.
Ich wusste es. Er trägt die nicht zu Ende geschauten Bilder der Träume mit sich. Verlockend. Unbekannt.
Sein Akzent hört sich eigenartig an, nicht leicht einzuordnen. Schwede? Däne? Engländer mit schwerem englischen Dialekt, Cockney vielleicht? Dieses verflixte Cockney, von dem ich im Sommercamp in London kein Wort verstand und meine Englischkenntnisse die Themse hinunterflossen?

»Von sehr weit«, sagt er und steigert meine Neugierde.
Er kommt aus Nirgendwo und Endlosfern.
So schnell fällt mir kein Land ein.
»Ich bin ein Aussie.« Er lehnt sich vor, sieht mir voll ins Gesicht.
Hitze jagt in meine Wangen, ich weiche ein paar Zentimeter zurück.
Ein Außerirdischer? Ich muss klar denken, bin zu verwirrt.
»Was ist ein Aussie?«
»Ich bin aus Australien!« Er lacht. »Near Perth. Wenn man bei uns sagt ›in der Nähe‹, dann ist das mindestens 200 Kilometer weit weg. Die Entfernungen sind riesig. Sagt dir Perth was?«
»Nein.«
»Es ist die entlegenste Metropole der Erde. Die Hauptstadt von Westaustralien. It's a big town.«
Ich komme mir blöd vor. Kenne bloß Melbourne und Sydney. Vom Namen her. Und den berühmten roten Felsen, den Ayers Rock, aber auf dem wird er kaum wohnen.
»Anyway ... Meine Eltern wohnen ziemlich außerhalb von Perth. Aber bei uns ist fast alles außerhalb, eine Menge weiter, wilder Landschaft. Du schaust mich so komisch an? Ist was an mir?«
Er sieht an sich hinunter.
Ich bemühe mich intelligenter auszusehen. »Nein ... es ist ... es ist gar nichts«, stottere ich. Eine ganze Menge ist an dir, so viel, dass ich nicht weiß, wo ich

beginnen soll. »Ich hab mir nur gerade versucht vorzustellen, wo du herkommst.«
»Perth liegt im Südwesten von Australien. Aber das sagt dir wahrscheinlich auch nicht viel.«
Ich schüttle den Kopf.
Es sagt mir gar nichts, außer, dass es für mich der aufregendste Westen ist, den es gibt.
»Ich kenn nicht viel von Australien, aber ein Freund meiner Schwester war länger dort. Ich wollte auch immer schon mal hin!« Zumindest seit zehn Minuten, seit dieser Junge eingestiegen ist.
»Immer schon?« Er lacht. Hat zwei schiefe Zähne rechts oben. Ziemlich schief. Wenigstens sind die Zähne nicht umwerfend.
»Was ist bei dir ›seit immer‹? How old are you?«
»Vierzehn. Fast fünfzehn«, sage ich, obwohl mir »fourteen« und »nearly fifteen« spielend eingefallen wäre.
»Und du? Wie alt bist du?«
»Sechzehn. Nearly seventeen.« Er lacht.
»Wieso sprichst du so gut Deutsch?«
»Meine Mutter ist Deutsche. Mein Vater Engländer. Ich bin zweisprachig aufgewachsen. Ich bin hier geboren und habe als Kind sogar hier gewohnt. Als ich acht war, sind wir dann rübergeflogen. Seitdem leben wir in Australien. Aber wenn ich sehr persönliche Dinge denke, ist es meistens immer noch in meiner Muttersprache.«
Plötzlich lächelt er mich eigenartig an. »Und wenn ich aufgeregt bin, vermischt sich alles bei mir.«

Er hat sich verraten. Er ist aufgeregt. Weil ihm gerade etwas Wunderbares passiert: ICH.
»Was ist das für eine Feder, die du da hast?«
»Eine Pelikanfeder. – Bist du von hier?«
»Natürlich. Von wo soll ich sein? Aus China?« Ich lache, aber er lacht nicht mit.
»Man kann nie wissen. Bei uns gibt es weit über hundert Nationalitäten. Jeder hat einen anderen Grund, warum er sich in Australien angesiedelt hat. Meine Eltern sind jedenfalls Aussteiger. You understand?«
Ich nicke. Ja, das verstehe ich. Aussteigen ist mein Dauerzustand.
»Dein Akzent ist ein bisschen komisch«, sage ich.
»Das australische Englisch hört sich anders an als das, was ihr hier gewohnt seid. I know.«
»Was hat deine Eltern veranlasst, fast bis ans andere Ende der Welt zu fahren?«
»Für die Menschen, die dort leben, ist es vielleicht der Anfang, it depends on how you look at things. Das mit meinen Eltern ist eine lange Geschichte. But I can make it short. Mein Vater ist ein Träumer. Und meine Mam träumt mit. Er hatte genug vom Job hier, Werbung, in einer großen Agentur, verstehst du, total hart und stressig. Mein Vater wollte weg von all dem, so weit wie möglich. Schafe züchten, eine Farm haben, den Sonnenaufgang sehen und den Sonnenuntergang erleben.«
»Die gibt's hier auch! Schafe ebenfalls.«
»Aber es ist doch anders, oder? Ein bisschen zumin-

dest?« Er zwinkert mir zu und ich komme mir wie ein Schaf vor. Aus dem allerletzten Grashalmland.
»Australien muss sehr schön sein«, sage ich schnell.
»Ich fahre bald zurück. Komm mit mir!«
Er fährt zurück! Doch sein »Komm mit mir« klingt wie ein Zaubersatz. Auch wenn er nicht ernst gemeint ist. Er könnte es werden.

Wie entsteht die Liebe?
Von wo steigt mitten in dieser stickigen U-Bahn, umgeben von schlecht riechenden Menschen, dieses warme Gefühl auf? Was ist es, das in diesem Moment alles möglich macht, gegen jede Vernunft, mich plötzlich eins sein lässt mit diesem Fremden, der mir nicht wirklich fremd ist?
»Wann fährst du denn zurück?«, frage ich.
»In drei Tagen.«
Nein! Nein! Nicht in drei Tagen schon! Außer ich komme mit.
»Ist was? Du schaust mich schon wieder so komisch an!«
Ich klappe den Mund zu, verändere meinen Blick, werde rot. Kann die Gedanken nicht aufhalten, die in diesem voll besetzten U-Bahn-Abteil umherfliegen. Er hat sie gesehen. Er hat sie gelesen. Er lächelt mich an und die Hitze klettert um Grade höher.
»Ich hab mir nur gerade gedacht ... ich meine ... ich hab mir eben Australien vorgestellt.«
»Da brauchst du einen großen Kopf mit ganz viel Raum

drin. Raum für das Meer, die Wüste, die Canyons, den Busch, die Wildnis ... die Weite, die kein Ende hat, die Tiefe, die nicht aufhört, den Himmel, der größer ist als irgendwo auf der Welt.«
»War das ein Gedicht?«
»No! Ich spreche nur manchmal in Bildern. Das passiert, wenn du viel allein draußen in den Wäldern bist.« Er lacht schon wieder.
»Trotzdem ist dein Himmel nicht größer als meiner.«
»Eins zu null für dich. – Aber unser Kontinent ist anders. Dort nimmt die gewaltige Landschaft die Menschen gefangen, sie schluckt sie fast. Hier in Europa ist es irgendwie umgekehrt. Die Menschen nehmen sich die Landschaft. Sie kaufen Grundstücke, die im Vergleich zu unseren winzig sind, machen Zäune drum herum und stellen Gartenzwerge hinein. Irgendwie so hat es mein Vater erklärt.« Der Junge lacht laut. »My father hates the Gartenzwerge. He sees them all over. Even in the U-Bahn! You understand? He calls it the ›Gartenzwerg-mentality‹.«
»Ja«, sage ich und hoffe, er meint nicht mich. Hoffe auch, dass etwas geschieht, jemand die Zeit aufhält, die U-Bahn zum Stehen bringt. Der Mond könnte noch ein bisschen die Sonne küssen und die Menschen verwirren, so dass alles Gewöhnliche, Geordnete, Logische seine Bedeutung verliert.
»Wie heißt du?«, fragt er.
»Sarah.«
»Särahh«, wiederholt er mit breitem Akzent.

»Und du?«
»Oliver.«
»Oliver.« Ich spreche seinen Namen langsam aus, setze ihn wie ein Siegel unter unsere Begegnung, die nicht hier enden darf.

Noch wenige Minuten bis zu seiner Haltestelle.
Er blickt auf die Uhr. Sieht mich an. Sein Blick nimmt den Abschied, der uns trennen wird, vorweg.
Lass dir etwas einfallen, Oliver! Du willst doch jetzt genauso mit mir sein wie ich mit dir. Vergiss die Weite Australiens und ich die Enge der Gartenzwerge. Los, tu was! Sei kein Feigling! Sag was! Mir fällt einfach nichts ein, Mist! Die Zeit rennt, gleich steigst du aus, gleich …
»Es kann sein, dass wir hierher ziehen, in einem Jahr«, sagt Oliver plötzlich. »Meine Eltern sind schon drei Wochen hier, um ein Haus zu finden, in dem Schafe, Ziegen, Hunde, Katzen, ein Pelikan und vielleicht ein Lama Platz haben.«
Er lacht nicht. Es ist kein Witz.
»Fehlt noch ein Tiger und ein Kamel!«
»Du glaubst mir nicht. Aber mein Vater hat einen kleinen Tierpark für ausgestoßene und verletzte Tiere. Leguane, Pinguine, Warane, Riesenschlangen … Den besuchen viele Touristen. Einmal hat jemand einen Vogel mit einem Rest von Federn am Bauch und nur einem Bein genommen. He had only one leg! Er wollte genau diesen und keinen anderen.«

»Ich hab einen Schmetterling!«
»Really? You mean a butterfly? Wir haben viele daheim. Aber nicht als Haustiere!«
Ich bin mir nicht sicher, ob seine »Butterfliege« Schmetterling bedeutet, aber ich nicke. Hauptsache, wir reden. Ich rede gegen das Rollen der Räder an, gegen die Zeit, die wegtickt.
Ich rede um mein Leben.
»Der Schmetterling hat in meinem Zimmer überwintert. Ich fand ihn eines Tages umgekippt, mit zusammengefalteten Flügeln auf meinem Fensterbrett. Ich holte einen flachen, kleinen Teller, gab einen Kaffeelöffel Wasser hinein und einen Tropfen Honig, verrührte beides und stellte den Teller hin. Dann nahm ich ein Blatt Papier, schob den Schmetterling darauf und legte ihn auf den Tellerrand, damit seine Fühler den Honig riechen würden. Keine Ahnung, ob sie das tun, jedenfalls hoffte ich es.«
»Und?«
»Er rührte sich nicht. Ich war enttäuscht und ging wie immer zur Schule. Als ich zurückkam, saß er am Tellerrand, die Flügel ausgebreitet. Er musste wohl getrunken haben, jedenfalls ...«
»Du, das ist eine tolle Geschichte, aber ich muss aussteigen!«
Oliver springt auf, stößt abermals voll gegen mein Knie.
»Verdammt! Sorry!«, schimpft er. »Ich komme mit meinen langen Beinen in dieser engen Stadt einfach

nicht zurecht.« Er hievt seinen Rucksack hoch, sieht mich auffordernd an. »Leider muss ich aussteigen«, wiederholt er, steht unschlüssig, sehr groß, sehr unerreichbar, vor mir. Ich werfe den Kopf in den Nacken, um in sein Gesicht zu sehen, sein Lächeln aufzufangen. Doch er lächelt nicht. Ich spüre genau, dass er etwas sagen möchte. Den Zug aufhalten, die Welt anhalten. Genau wie ich.
Gerade noch wollte er mich bis nach Australien mitnehmen. Jetzt nimmt er mich nicht einmal auf den Steinmannplatz mit.
»Bye«, sagt er zögernd, wendet sich zum Mittelgang, bleibt noch einmal stehen, dreht sich um, sieht mich wieder fragend an, und mein Herz überschlägt sich, mein Körper flieht von mir.
Oliver wendet sich endgültig der U-Bahn-Tür zu.
Da springe ich auf.
»Ich steig auch aus!«, rufe ich ihm nach, obwohl ich noch drei Stationen fahren müsste. »Mir fällt gerade ein, dass ich für meine Mutter was aus einem Geschäft hier abholen soll.«
»Great!«, sagt er. »So you come with me.«
Natürlich komme ich mit ihm.

Erst gehen wir stumm nebeneinander, ich neben dem fremden Jungen, der mir auf eigenartige Weise vertraut ist, von dem ich spüre, dass er etwas für mich verborgen hält, das mit meinem Lebensplan zu tun hat, mit jenem Teil, den ich noch nicht einmal

erahne. Jenseits der Enge. Jenseits der Fragen. Der Himmel ist groß.
Aus Liebe entstehen Dinge der Unschuld.

Wir spazieren mitten durch das Brausen der unzähligen Autos. Ich spüre mein Herz durch die Jacke schlagen und überlege kurz, ob ich verrückt bin.
Er weiß, wohin er muss. Ich nicht.
In welchem dieser vielen Geschäfte soll ich etwas abholen, von dem ich keine Ahnung habe, was es sein könnte. Eine Torte für einen Geburtstag, den keiner feiert? Futter für eine Katze, die ich nicht besitze?
»Vielleicht kann ich das, was du brauchst, mit dir erledigen? How about that?«, fragt er plötzlich.
Ich zucke zusammen. »Nein ... das ist ... also, das ist ... ich muss es alleine machen. Das Geschäft ist weiter weg, in einer Nebengasse. Ich geh erst noch ein Stück mit dir. Ist das okay?«
»Das ist superokay. Wie lange hast du Zeit?«
Ich habe alle Zeit der Welt, ich fliege gerade durchs All und der Asphalt unter meinen Füßen ist ein Teppich aus Zuckerwatte.
»Ich hab den ganzen Nachmittag Zeit. Heute hab ich endlich mal keinen Kurs und keine Aufgaben!«
»Okay, lass mich nachdenken. Ich werde anrufen, dass ich später komme. Zwischenfälle kann's immer geben und der hier ist ein besonderer, I think. Es ist vielleicht kein Zufall, dass du genau an der gleichen Station aussteigen musstest wie ich.«

»Nein, es ist kein Zufall«, sage ich und sehe ihn fest an.
Oliver zieht sein Handy aus der Jeansjacke und wählt eine Nummer. Ich merke, dass er auf eine Mobilbox spricht, weil seine Sätze abgehackt klingen. Er spricht englisch auf das Band. Wahrscheinlich ist die Nachricht an seinen Vater gerichtet. »Sorry, I can't make it till five. I've got something to do. I will be home by around seven! See you later. Bye!«
»Ich hab gesagt, dass ich noch was erledigen muss. Ich komm so was zwei Stunden später«, übersetzt Oliver.
Nur zwei Stunden? Bin ich eine Erledigung? Das hier ist ein Abenteuer und ich will es erleben!
»Gut«, sage ich und hoffe, er merkt meine Enttäuschung nicht.
»Let's go!« Oliver lächelt mich an.
Ich lächle zurück und wieder geschieht das Unfassbare, das zwischen uns schwingt, als könnten wir alles, was uns zueinander gebracht hat, mit einem einzigen Blick erkennen. Oliver greift nach meiner Hand, umschließt sie fest und warm, und ein wildes Gefühl saust durch meinen Körper. Wir spazieren mitten im rasenden Verkehr wie über eine weite Wiese unter einem Himmel, der größer ist als irgendwo.
Nur wir beide.
Die Welt hat heute einen neuen Planeten. Er heißt: WIR.

»Wohin gehen wir?«, fragt Oliver. »In der Weite finde ich mich fast besser zurecht als zwischen Häusern. Bei uns richte ich mich nach der Sonne, sehe, auf welcher Seite eines Baumes die Flechten und das Moos wachsen, und nachts such ich mir die richtigen Sterne.«
»Und was weißt du dann?«
»Wo Norden, Süden, Osten und Westen ist!«
Ich drehe mich mit ausgebreiteten Armen um mich selbst, suche die Himmelsrichtungen.
Oliver stellt den Stand der Sonne fest, schiebt mich ein wenig nach links.
»Dort ist Süden«, sagt er.
»Süden klingt gut«, sage ich. »Gehen wir dorthin!«

Wir kommen an einem McDonald's vorbei und ich kaufe uns eine Cola.
»Du bist eingeladen!«, sage ich und reiche ihm den gefüllten Pappbecher.
»Danke! Oder sagt man hier danke schön?«
»Danke genügt. Unsere Sprache ist viel zu kompliziert. Zu viele Wörter, zu viel Grammatik und schon habe ich eine fünf. Ich hasse Schule, im Augenblick!«
Außer Temor. Aber Temor schwimmt neben Oliver davon wie die Menschen vorhin in der U-Bahn.
»Ich hasse gar nichts«, sagt Oliver.
»Gar nichts? Niemanden?«
»Nicht mehr. Das ist bloß schlechte Energie, die auf mich zurückfallen würde. Wozu wäre das gut?«

Natürlich ist es zu nichts gut, aber auch die blöden Formeln, die ich in Mathe lernen muss, sind zu nichts gut und doch gibt es sie.
»Was hasst du denn alles?«
»Mathematik und den dazugehörenden Lehrer. Ich habe ihn einmal gefragt, warum ein Zentimeter genau ein Zentimeter ist. Wieso man so was weiß. Er fuhr mich vor der Klasse an, ich solle lieber beantworten, was an der Tafel steht, nämlich wie viele Quadratmeter ein Hektar ausmache, und keine blöden Fragen stellen. Fragen, die Erwachsene nicht beantworten wollen, bezeichnen sie meistens als blöd.«
»Stimmt. Trotzdem gibt es nicht auf alles eine Antwort. Manches musst du einfach akzeptieren, wie es ist.«
»Tu ich aber nicht!«, sage ich trotzig.
»Okay, okay. Schon gut. Was hasst du noch?«
Spinnen. Haut auf der Milch. Den braunen Fleck über meiner linken Braue ...
»I like it!«
Ich übergehe seine Bemerkung, zähle weiter auf:
»... den Autogestank, Streit und Unmenschen wie Hitler, Stalin, Bin Laden und Ähnliche.«
Wen ich noch hasse, behalte ich für mich. Es tut weh und dieser Hass ist mehr als ein Wort.
»That's a lot you hate!«, sagt Oliver. »Dann vergiss das jetzt mal!«
Oliver springt samt seinem schweren Rucksack über eine große Pfütze. Die Feder zittert noch eine Wei-

le nach. Ich springe hinterher und lande mitten im schmutzigen Wasser. Es spritzt hoch und übersät meine Jeans mit hässlichen Flecken.
»Ich hasse Pfützen, die größer sind, als sie scheinen!«
Ich wollte eine Gazelle sein, jetzt fühl ich mich wie ein Trampeltier.
»Schon wieder etwas, was du hasst! Ist doch nicht so schlimm«, sagt er lachend. »Die paar Wasserflecken trocknen wieder! Ich habe eben längere Beine. So ist das!«
So ist das. Klingt, als wäre alles ziemlich einfach für ihn.
Ein Leichtfüßler.
Ein Traumspringer.

»Kennst du vielleicht einen Park in der Gegend?«, fragt Oliver.
»Ja. Nicht weit von hier, er ist aber ziemlich verwahrlost.«
»What does it mean?«
»Na ja. Ungepflegt ist er. Das Gras wächst wie wild, die Bäume werden nie geschnitten und Wege gibt's auch keine mehr.«
»Das ist ganz normal. Gras muss wachsen dürfen, wie es will, Bäume müssen ihre Äste ausbreiten können und Wege suchen wir uns selbst.«
»Ich hab gemeint, ich könnte dir was zeigen, das schön ist, wenn du schon von so weit her kommst.«
»Ist wildes Gras nicht schön?«

»You don't understand!«
»Of course, I do. Mir gefällt eben das Wilde. But I see you speak English!«
»No, I don't!«
»Then what was it? Chinese?«
»Vielleicht«, sage ich und Oliver legt lachend seinen Arm um mich.
»I like crazy people!«
Vielleicht bin ich crazy.

Plötzlich biegt höllisch ratternd ein schmutzig-weißer Wagen mit kaputtem Auspuff um die Ecke. Dellen, Kratzer und schräg über der Fahrertür in schwarzen, schiefen Großbuchstaben: Ich war einmal ein Mercedes. Jetzt bin ich ein Auto.
»Sieh dir mal die Kiste an, Oliver. Und so was fährt noch!«
»Ist doch das Wichtigste, oder? Für uns zählt, wie stark die Räder sind, ob sie Schlamm, Sand und weite Strecken aushalten. Manchmal ist die nächste Stadt einen Tag entfernt. Wir haben sogar Lastwagen mit fünf Riesenanhängern! Unbelievable!«
»Die möchte ich sehen. Ich liebe große, schwere Lastwagen!«
»Dann komm mit mir. Ich zeig sie dir!«
Der Zaubersatz. Schon zum zweiten Mal.
Jetzt warte ich auf die dritte Chance. Dann wird er wahr.

Wir müssen noch ein Stück steil bergauf gehen, um zu dem kleinen Park zu gelangen, der sogar eine Aussichtswarte und ein Stück alte Stadtmauer hat.
Plötzlich greift Oliver wieder nach meiner Hand. Es ist ein ganz neues Hautgefühl, ein Zueinandergehören. Seine Berührung setzt sich in kleinen Schauern auf meinem Körper fort.
Als wir oben angekommen sind, zeige ich in den Nebel, der über den Dächern liegt. Einige Turmspitzen ragen aus dem Dunst. »Dort mittendrin wohne ich.« Ich deute auf eine Stelle, wo die Häuser dicht gedrängt aneinander stehen.
»I see.« Oliver wirft einen ziemlich unbeteiligten Blick über die eintönige Aussicht. Es ist nicht die Weite Australiens. Es ist eine stinkige Stadt.
»Hier oben ist es ganz schön kühl«, sage ich.
Oliver legt einen Arm um mich. »Besser?«
Ich nicke. Es ist mehr als das. Von irgendwoher kenne ich dieses Gefühl.
Geborgenheit.
Das war einmal. Bevor die Kälte bei uns zu Hause einzog.
Die Geste kommt so unerwartet, dass ich mich ein wenig steif mache, obwohl ich mich am liebsten hineinfallen lassen würde in das Gefühl, mich in die Liebe fallen lassen will, geküsst werden möchte.
Plötzlich hören wir einen Schrei, sehen eine dunkel gekleidete, schmale Frau gegen die Mauer fallen, zu Boden stürzen, der junge Mann, der sie gestoßen hat,

bückt sich, schnappt nach ihrer Handtasche, rennt davon. Oliver knallt seinen Rucksack auf den Weg, jagt hinter ihm her, in weit ausholenden, fliegenden Schritten, der Abstand zwischen ihm und dem Dieb wird immer geringer, fast hat er ihn, fast. Jetzt sind beide um die Biegung verschwunden, ich kann nicht laufen mit Olivers schwerem Gepäck, habe Angst um ihn, sehe die Frau sich hochrappeln, drei Passanten umringen sie, ihr Knie blutet. Ich gehe zu ihr hin, niemand versteht sie, weil sie weint und schreit und Flüche in einer uns fremden Sprache ausstößt, vielleicht Tschechisch, doch da kenne ich nur die Worte Panske, Damske, was Herren- und Damenfriseur heißt, aber das hilft jetzt nicht. Die Frau wechselt zwischen Deutsch und ihrer Sprache.
»Schon dritte Mal mir passiert!«, ruft sie jammernd aus und hält drei Finger in die Höhe. Jemand tupft ihr das Blut vom Knie, ein Mann legt beruhigend seine Hand auf ihre Schulter, ich frage sie, ob sie Geld und Ausweise in der Tasche hatte. Die Frau nickt und beginnt wieder zu weinen. Ich blicke unruhig in die Richtung, in der Oliver und der Dieb verschwunden sind.
»Ich schon wieder alles verloren!«, schreit die Frau. »Alles kaputt!«
Da entdecke ich Oliver. Sehr langsam kommt er den Hügel herauf. Ich glaube, er hinkt ein bisschen. Erst jetzt sehe ich die Tasche, rostbraun, mit einem gebrochenen Bügel.
»Er hat Ihre Tasche!«, sagt der Mann. »Vielleicht ist noch alles drin!«

Die Frau beginnt schon wieder zu weinen, diesmal vor Freude.

»Danke, danke, danke«, schreit sie mit verdrehten Augen in den Himmel, obwohl es nicht Gott, sondern Oliver ist, der ihr geholfen hat. Sie fährt sich mit beiden Händen über das Gesicht. Ich sehe die dicken Adern, den abgesplitterten grellroten Lack.

Oliver ist noch außer Atem, als er bei ihr anlangt. Er hält ihr die offene Tasche wie einen toten Hasen hin. Sie ist fast leer.

»Tut mir Leid. Der Bastard muss den Inhalt während des Laufens eingesteckt haben, direkt hinter der Kurve, als er kurz verschwunden war. Ich konnte es nicht sehen.«

Trotzdem wühlt die Frau verzweifelt in ihrer Tasche. Schüttelt immer wieder den Kopf. »Nix da!« Sie murmelt etwas zu sich in ihrer Sprache. »Danke«, sagt sie leise zu Oliver. »Trotzdem danke.«

Der hebt bedauernd die Arme.

Wir blicken ihr nach, wie sie in Richtung Kirche entschwindet, jene Kirche, an deren Rückwand ich vorhin den in schwarzen Blockbuchstaben hingeschmierten Satz gelesen habe:

HEILIGENSCHEIN GRATIS!


Als wir endlich allein sind und uns auf eine Bank setzen, erzählt Oliver, wie er den Typen hinter der Kurve eingeholt und ihm ein Bein gestellt hat.

»Der ist schnell zu Boden gegangen, aber leider ich

mit ihm. Wir sind auf die Fahrbahn gerollt. Ein Glück, dass nicht gerade ein Wagen kam. Ich habe ihm mit dem Unterarm die Kehle zugedrückt, so dass er die Tasche loslassen musste, um sich aus meiner Umklammerung zu befreien. If I had known, dass er die Geldbörse längst bei sich hatte! This goddamn bastard!«
Oliver hält sich plötzlich den Oberschenkel.
»Hast du dir was getan?«
»Ich muss auf irgendwas Spitzes gefallen sein.«
Erst jetzt entdecken wir beide den Riss im Stoff und den nassen Fleck. Dunkelviolett oberhalb des Knies. Ich erkenne etwas Winziges, das hervorblitzt, ziehe einen Glassplitter heraus, an dem Blut klebt.
»Shit!«, flucht Oliver.
»Das müssen wir säubern!«
»Die Scherbe?« Oliver lacht. Es klingt verkrampft.
»Deine Wunde!«
»Du willst mich ja nur nackt sehen!« Er wirft den Glassplitter weit von sich.
»Bist du gegen Tetanus geimpft?«
»Ich bin gegen alles geimpft!«, sagt Oliver. »Nur nicht gegen Mädchen wie dich!« Er küsst mich und macht mich augenblicklich süchtig nach dem Gefühl. Still halte ich. Ganz still. Wie der Frosch kurz vor der Verwandlung zum Prinzen, nur dass ich eine Prinzessin bin.
»I am sorry. I had to do it!«, sagt Oliver dicht an meinem Ohr.
»What? Help the woman?«

»No. Kiss you!«

Ich lächle in Olivers strahlendes Gesicht.

Was passiert gerade mit mir? Überrollt mich eine Glückslawine?

»Die Frau tut mir Leid«, sagt Oliver plötzlich. »Sie hatte so einen verzweifelten Ausdruck in den Augen.«

»Sie ist schon drei Mal überfallen worden! Es gibt immer wieder Menschen, denen passiert dauernd was. Ich kenn solche. Die sind schon als Verlierer geboren, glaub ich.«

»Wie sehen die aus? – Glaubst du das wirklich?« Olivers Tonfall klingt plötzlich hart. Er sieht mich an. Es ist ein eigenartiger Blick, den ich nicht deuten kann. Ein unangenehmes Gefühl kribbelt meine Wirbelsäule entlang, als würde ein kühler Wind unter meine Kleidung fahren.

»Verlierer. Loser ...«, wiederholt Oliver und starrt vor sich hin. »Ich habe auch verloren. Ist doch so.«

»Du kannst doch nichts dafür. Du hast zumindest als Einziger sofort reagiert! So was passiert dir doch nicht dauernd, oder?«

»Und wenn doch?«

»Ich nehm's dir einfach nicht ab!«

»It's okay!« Oliver lacht. Sein Lachen hat einen seltsamen Unterton. »Vielleicht sind die Verlierer die wahren Gewinner im Leben?«

»Wie meinst du das?«, frage ich.

Oliver antwortet nicht.

# Oliver

*Ich hätte es ihr sagen sollen.*
*Unsere Geschichte war so schön.*
*Und wie endet sie?*

Sie hat begonnen wie einer dieser super Filme, von denen du danach sagst: findet leider nicht im wirklichen Leben statt. Du stehst wieder auf der Straße und kickst eine leere Cola-Dose weg, so dass sie scheppernd über die Fahrbahn rollt. Das war's.
Du bist hellwach. Back in reality. Du gehst mit deinen Freunden in irgendein Lokal, in dem eine Menge los ist, kippst einige Dosen Bier in dich rein, und erst wenn du zu Hause bist, nachts, in deinem Zimmer, unter deiner Bettdecke, träumst du dich wieder in die Bilder, drehst deinen eigenen Film, in dem du die Hauptrolle spielst.
Und alles ist möglich.

Unsere Geschichte, von der ich noch nichts ahnte, begann eigentlich damit, dass ich vergessen hatte Batterien für meinen Discman zu kaufen. Also lief ich, auf dem Weg zu meinen Eltern, noch mal runter in die U-Bahn, um zurück in die Stadt zu fahren.

Meine Eltern haben für die paar Wochen hier, in denen sie ein Haus für ihre Rückkehr suchen, wieder einmal eine Wohnung in the middle of nowhere gemietet, kein Geschäft weit und breit. Aber zum Glück ist das hier nicht Australien und ich bin in zwanzig Minuten im Zentrum.
Ich steige also wieder in die U-Bahn und da ist nur noch dieser eine Platz frei. Ich hätte auch stehen können. Wäre mit meinem riesigen Rucksack ohnehin besser gewesen, besonders für die große Feder, damit sie nicht geknickt wird. Aber da saß dieses Mädchen, ich sah sie nur von hinten, sah ihre langen braunen Haare. Ich steh auf lange, glatte braune Haare. Genau wie ihre. Sie hören nicht an den Schultern auf oder gerade eben drüber, wie bei vielen Mädchen, sondern reichen hinunter bis über die Rückenmitte oder enden eine Handbreit oberhalb des Hinterns. Alles eine Sache der Betrachtungsweise.
Ich mag es, Mädchen zu beobachten. Wie sie sich bewegen, wie sie gehen und die Haare hin- und herfliegen.

Ich will mich also hinsetzen, der Zug fährt an, ruckelt gewaltig, und ich knalle gleich mal gegen ihr Knie. Falle auf den Sitz. Echt peinlich. Erst jetzt sehe ich in ihr Gesicht. In ihre Augen. – Eine irre Sekunde lang, alles stockt in mir und wird zugleich aufregend lebendig. Also wirklich *alles*.
Da ist was in diesem Gesicht, in diesem Blick, das geht

mir durch und durch. Ich kann's nicht erklären. Als würden wir uns seit ewig kennen und doch auch wieder nicht. Unsere Ureinwohner, die Aborigines, wissen von diesem Phänomen. Du erlebst etwas zum ersten Mal, hast es aber schon irgendwann in deinem Kopf gesehen. Ich schaue also dieses Mädchen an und es ist ein bisschen, wie wenn du lange auf ein Geschenk gewartet hast. Du weißt genau, wie es aussehen, riechen oder schmecken soll, wie es sich anhören oder anfühlen muss. Dann ist es da. In einem Überraschungsmoment. Überfällt dich und du kannst nicht anders als hinsehen, aufnehmen, einatmen. Und dich nicht rühren, weil es sonst gleich wieder verschwindet.

Das Mädchen blickt andauernd aus dem Fenster, als würden wir durch eine außergewöhnliche Landschaft fahren, aber da draußen öden dich nur Betonwände an, Vorgetäuschte-Gute-Laune-Plakate und nassgraue Luft. Dazwischen spiegeln sich die Umrisse der Mitfahrenden. Wenigstens kann ich dieses seltsame Mädchen beobachten, ohne dass sie es merkt.

Kein Wunder, dass ich an ihre Knie gestoßen bin, superlange Beine hat die, drüber trägt sie so eine Art Jacke. Bisschen groß, finde ich, aber man weiß nie, was für Mädchen unter den großen Jacken stecken. Sie ziehen die lockeren Jacken aus und darunter ist ein anderes Mädchen als erwartet.

Ohne Vorwarnung hört sie auf aus dem Fenster zu starren und blickt mir geradewegs in die Augen. Ich

werde rot, verdammt, vielleicht merkt sie es nicht, weil ich ziemlich braun bin. Schließlich scheint bei uns die Sonne fast 340 Tage im Jahr.
Wenn mir jetzt schnell irgendwas einfallen würde, was ich zu ihr sagen könnte ... Ich will nicht, dass sie vielleicht schon bei der nächsten Station aussteigt.
Ich versuche also ein Lächeln.
Hat sie eben zurückgelächelt?
Ich glaube schon. Obwohl ... sie wirkt ziemlich ernst.
Okay. Nächster Schritt. Was soll ich sie bloß fragen?
Wie spät es ist? Nein. Das ist der Uralt-Einfallslos-Trick.
Von wo kommst du? Dann glaubt sie, ich bin bescheuert, antwortet vielleicht: vom Mond.
Augen hat die ... wie einer jener knallblauen Tage bei uns, pure Farbe und alle Träume in den Himmel geschossen.
Ich könnte so tun, als würde ich die Station nicht lesen können. Sie sieht ja, dass ich nicht von hier bin. Ich stottere mal was vor mich hin. Stottern fällt mir leicht, wenn ich aufgeregt bin. Lieber doch nicht. Klingt, als wäre ich unterbelichtet. Ich frag sie einfach, wie die Station heißt, am besten auf Englisch.
»Excuse me. Do you know where we are right now?«
Sie sagt's mir. Angenehme Stimme. Nicht so piepsig wie manche Mädchen. Ich schätze sie auf etwa 14. Bestimmt hat sie einen Freund. Er holt sie an der U-Bahn-Station ab und küsst sie. Auf den Mund. Dann gehen sie zu ihm und ...

Plötzlich fragt sie mich etwas. Mitten in meine verbotenen Gedanken hinein. Von wo ich komme. Von weit, sage ich. Im Augenblick war ich tatsächlich weit weg, bei ihrem Mund. Schöne Lippen hat die. Ich habe mich gerade an die Stelle ihres Freundes gesetzt. Die hat was, was ich nicht erklären kann, aber mein Körper versteht jede Silbe, übersetzt sie in ein aufregendes Gefühl in der Bauchgegend. Und weiter unten. Darüber hab ich einfach manchmal keine Kontrolle.
Ich mag ihren kleinen braunen Fleck oberhalb der linken Braue. Der macht sie irgendwie interessant.
Wir tauschen ein paar Sätze aus. Über mein Land.
Sie scheint nicht viel über Australien zu wissen. Ein bisschen Gartenzwergmentalität, würde mein Vater sagen.
Jetzt zieht sie ihre Jacke aus. Ist auch echt heiß in diesem Waggon oder wird nur mir heiß von ihren kleinen, spitzen Brüsten. Wenn sie nicht so ein enges T-Shirt tragen würde, könnte ich normal denken. Zierlicher, als ich dachte, ist sie. Ich möchte sie nicht gleich wieder verlieren, nicht aussteigen müssen, will die Welt anhalten. Jetzt!
Warum verlieb ich mich immer zur falschen Zeit und am falschen Ort! Sie unternimmt nichts und mir fällt nichts ein, damit ein Wunder geschieht.

Mit einem Mal flüstert mir jemand etwas ein, Jundumura, der große Held der Aborigines, den ich als Kind oft nachts, wenn ich nicht schlafen konnte, um Hilfe angerufen habe: »Sag ihr doch, dass du zwar zurück nach Australien fährst, aber in einem halben Jahr wiederkommst!«

Vielleicht wartet sie auf mich wie die Bräute der Matrosen.

Ich bin schon wieder leicht aus den Socken – würde mein Vater sagen. Macht nichts, vielleicht wirken meine Gedanken. Sie haben eine eigene Energie. Sag was!, fordern mich die Gedanken auf, aber es geschieht nichts. Sie sitzt da und ich muss gleich aussteigen. Aber ich weiß, dass etwas Starkes zwischen uns vibriert und dass ich es jetzt anpacken muss.

Vielleicht fliegt sie auf kranke, verletzte Tiere und ich erzähl ihr vom Tierpark meines Vaters?

Ich sage ihr also, dass wir sogar einen Leguan in unserem Tierpark haben, in dem ich manchmal mithelfe. Ich lege noch eine Spur zu, um sie zu beeindrucken: mit Lamas, Pinguinen, Waranen und einer Riesenschlange, die sich während des Häutens verletzt hat. Aber es wirkt nicht. Dafür erzählt sie mir von ihrem komischen Schmetterling, statt zu sagen: »Echt? Klingt total aufregend, so einen Jungen verpass ich nicht!«

Ich lass sie wissen, dass ich gleich aussteigen muss, schon bei der nächsten Station. Stehe auf, dabei knalle ich schon wieder gegen ihr Knie. Sie rührt sich nicht. Ist die denn angeklebt!? Vielleicht klemmt wenigstens die Schiebetür oder die ganze U-Bahn bleibt stecken? – Alle steigen aus, nur wir beide nicht.

Ich drehe mich am Gang noch mal nach ihr um, gefährlich knapp vor dem endgültigen Schritt in die Welt da draußen, die nichts als blöde Batterien für meinen Discman bereithält. Ob sie mir wenigstens nachschaut? Tut sie und ihr Blick saust in mich. Plötzlich springt sie chaotisch auf, murmelt was von etwas abholen müssen, stolpert zu mir auf den Gang, die automatischen Schiebetüren beginnen sich zu schließen. Wir springen raus.

Als wäre es die natürlichste Sache der Welt, gehen wir Hand in Hand die Stufen zum Ausgang hoch, spazieren mitten durch den dichten Verkehr.
»Was für ein Glück, dass du dich noch rechtzeitig erinnert hast, dass du was abholen musst«, sage ich.
»Wo musst du denn hin?«
Sie stottert etwas von »weiter weg«. Irgendwie habe ich das Gefühl, sie ist nur ausgestiegen, weil ich ausgestiegen bin. Vielleicht hat Jundumura gewirkt und sie ist noch in Trance. Aber meinetwegen kann sie Salzgurken vom Mars holen, Hauptsache, sie ist jetzt neben mir.

Mein Vater wird sich ärgern. Er wollte am späten Nachmittag mit mir zu einem Cousin fahren. Zum Glück konnte ich auf die Mailbox sprechen und brauchte mir keine Gegenargumente anzuhören. Logische Erklärungen sind jetzt nicht drin.
Da ist dieses Mädchen.

Und da bin ich.
Und dazwischen machen die Gedanken und Gefühle in mir Riesen-Loops.

Meine Gefühle – die habe ich schon lange eingesperrt. Seit meinem 14. Lebensjahr. Behalte die Empfindungen und die Worte, die mich bloßstellen könnten, bei mir.
Seit damals, als ich mit 13 eine Sekunde vor dem Startpfiff vor Kälte und Angst zitternd am Rand des gefährlich grünen Schwimmbeckens unserer Schule stand. Endlos schien es mir und unmöglich zu durchqueren. Und dann geschah es. Ich erinnerte mich an einen verdammt ähnlichen Pool, in dem ich schon einmal fast ertrunken wäre. Als kleines Kind. Ich konnte gerade eben schwimmen. Mein Vater warf mich ins Wasser, im Glauben, das sei die beste Methode, damit ich tauchen lerne. Er sprang hinterher, mir aus Versehen auf die Beine, ich war nicht schnell genug weggeschwommen und er hatte sich verschätzt. – Ich schlucke eine Menge Wasser, ersticke fast, verliere mich in diesem heimtückischen, schwappenden Grün, schlage verzweifelt um mich, sehe ein grelles Licht, das mich aufsaugt, spüre Arme, die mich hochheben. Das Schwimmbad dreht sich, Bildfetzen meiner Geburt, Gesichter, die auf mich zurasen, sich entfernen, Stimmen verebben, Wattestille, nur mehr Farbschlieren …
Dann bin ich, glaube ich, kurz tot.

Als sie mich wieder zurückholen, spüre ich den kalten, nassen Steinboden unter meinem Rücken, sehe Vaters entsetztes Gesicht riesengroß über mir, höre meinen Namen immer wieder. Ich kann nicht antworten, meine Kehle, meine Lippen sind wie aus Wachs. Seit damals fürchtete ich das verräterische Grün des Wassers, das mich in die Tiefe sog. Nun stand ich also Jahre später in der Schule am Beckenrand, vor meinen Klassenkameraden, stand mitten in der Angst.

Und vor den Augen meiner Freundin.

Lela war 13 wie ich und hatte die wildesten Sprüche drauf. Sie war die beste Schwimmerin der Schule und ich der langsamste. Sie wollte einen Hai aus mir machen, aber ich war eine Sardine. Sie trieb mich an, ich solle mich bei dem verdammten Wettbewerb beteiligen, ihr zeigen, dass ich es wagte. Wollte ich denn für immer ein Feigling bleiben, einer, der sich nicht mal anstrengte?

»Wenn du eine armselige Sardine bleibst, gehe ich nicht mehr mit dir!«

Ich stand auf sie. Ich liebte sie. Ich hatte die Liebe gekostet, auf ihren Lippen, in ihren Augen, in meinem Herz. Ich hielt die Liebe fest, nachts, wenn ich unter der Bettdecke an sie dachte. Hatte mich sogar wie in meinen Kinderjahren Jundumura anvertraut. Er riet mir aufzupassen: Die Liebe selbst habe keine Grenzen, die Auswirkung der Liebe jedoch sehr wohl.

Ich trat also an und verlor. Kam nicht einmal bis zum gegenüberliegenden Beckenrand. Schlimmer. Ich gab knapp vor der Mitte auf, kehrte um, schwamm wild um mich schlagend zum rettenden Ausgangspunkt zurück. Die Angst vor dem glatten, mich verschlingenden Wasser hatte mich eingeholt, die Luft ging mir aus, meine Arme, meine Beine, voll gepumpt mit Wasser, führten nur mehr steife Bewegungen aus, die mich immer hilfloser machten.

Als ich atemlos und Wasser spuckend auftauchte und mich am Beckenrand festklammerte, spürte ich die Schande.

Ich hörte Lela »Loser!« rufen. »Verlierer!« Hörte es sogar auf Deutsch. Dann noch einmal lauter: »Loser!« Dann von allen Seiten. *Ihre* Stimme vernahm ich am deutlichsten.

Sie drehte sich um. Ich sah durch die Wassertropfen in meinen Augen verschwommen ihren kleinen Hintern in dem schwarzen, nassen Badeanzug, sah sie davongehen. Hörte trotz des hallenden Lärms ihre resoluten Schritte auf dem rutschigen Steinboden sich entfernen.

Weg war sie.

Für immer.

In der Klasse nannten sie mich von da an Loser. Das Wort kannte ich. Es riss jedes Mal, wenn ich es hörte, ein Loch in mich.

Ich hasste Lela. Ich hasste die anderen.

Ich weiß genau, was Hass ist.

Und an langen knallblauen Tagen schoss ich meine Träume in den Himmel.

Jetzt ist plötzlich einer von ihnen zurückgekehrt wie ein Bumerang. In diese U-Bahn, in Gestalt dieses Mädchens.

Wir gehen also weiter durch die Stadt und ich kriege raus, dass sie so ihre Schwierigkeiten mit den Himmelsrichtungen hat. Wahrscheinlich null Orientierung, so nach dem Motto: »Ich kann die Orientierung nicht verlieren, weil ich keine habe.« Soll sie sich nur nach mir richten. Ich zeig ihr schon, wo's langgeht!
Plötzlich braust dieser komische Wagen um die Ecke, mit der Aufschrift: Ich war einmal ein Mercedes. Jetzt bin ich ein Auto.
Wir lachen und sie erzählt mir, dass ihr Vater einen BMW fuhr und bei jedem Kratzer einen Anfall kriegte. Ich war froh, dass sie nicht den Wagen meiner Mutter kannte, als wir frisch nach Australien kamen. Das Auto war so klein, dass du die Ohren zuklappen musstest, wenn du dich reingesetzt hast. Es machte einen Höllenlärm, sobald der Motor ansprang. Meine Mutter fuhr ständig hochtourig. Im Winter setzte die Heizung immer erst dann ein, wenn wir schon halb erfroren waren, Marke Alaska. Im Sommer ließ sie sich dafür manchmal nicht abstellen und spielte Wüste Gobi. Jetzt besitzen wir einen Jeep mit riesigen Rädern und außer dem Tierpark eine kleine Farm mit großen Schafen.
Es war von Anfang an schön, anstrengend und ungewöhnlich. Es hätte gut gehen können. Aber nicht,

wenn man ein halber Loser ist wie mein Vater. Ob so was vererbbar ist? Meine Mam jedenfalls hält zu ihm. Sie ist nicht Lela. Sie liebt Vater wirklich.

Dieses Mädchen, das neben mir geht, diese Sarah, kenne ich bereits jetzt besser als Lela. Selbst wenn sie voller Überraschungen und ungewöhnlicher Fragen steckt.

Sie sind Teil eines Ganzen, das an diesem Nachmittag unzerstörbar scheint.

Als wir zu dem Winzighügel, der für sie ein kleiner Berg ist, hinaufstapfen, nehme ich sie einfach wieder an der Hand. Sie fühlt sich warm und gut an. Sie passt genau in meine. Ich drücke ein bisschen fester zu und sie drückt zurück. Ich würde sie schon jetzt gerne küssen, alle Einwände über den Hügel werfen, sie packen und …

Oben angekommen zeigt sie mir die so genannte Aussicht. Also, da ist wirklich die Sicht aus, gleich hinter der letzten mickrigen Turmspitze. Bei uns gibt es Hochplateaus, Schluchten, mächtige Flüsse, riesige Felswände, Endloswälder. Die Augen sehen sich niemals satt.

Auch an Sarah kann ich mich nicht satt sehen. Ich streiche über ihr Haar, sie merkt es nicht oder tut so als ob. Ich lege meinen Arm um ihre Schultern, sie wirkt ein wenig steif. Vielleicht ist ihr kalt. Wir könnten abheben, wäre da nicht dieser Schrei. Wir wirbeln herum, ich sehe gerade noch, wie so ein Typ mit einer dunklen Damenhandtasche türmt, werfe meinen Rucksack zu Boden, sprinte ihm nach. Der Typ ist bullig, aber schnell. Die Tasche hüpft an den Henkeln auf und ab. Ich komme ihm näher, er dreht sich im Laufen nach mir um, macht einen Haken und verschwindet hinter der nächsten Kurve. Ich gebe nicht auf, renne weiter. Er ist wie vom Erdboden verschluckt, springt jedoch plötzlich aus einer Vertiefung in der hohen, alten Mauer hervor, ich stürze mich auf ihn, erwische ihn an der Jacke, kralle mich fest, stelle ihm ein Bein, zwinge ihn zu Boden. Wir rollen auf die Fahrbahn und ich habe kurz Angst, dass uns ein Auto überfährt, lass ihn trotzdem nicht los, drück ihm meinen Unterarm gegen die Kehle. Er keucht, strampelt wie verrückt mit den Beinen, aber ich habe Kraft, ich habe sie mir seit dem »loser« angeeignet. Ich habe mehr Kraft, als einer denken könnte. Der andere lässt die Tasche los, springt hoch, läuft davon.

Ich habe sie. Ich habe sie!

Ich denke an Sarah und dass ich ein Held bin.

Dann schau ich rein in die verdammte Tasche, mit weit offenem Maul und wie tot hängt sie an meinen Fingern.

Ich sehe das enttäuschte Gesicht der Frau vor mir. Der verzweifelte Ausdruck in ihrem Gesicht geht mir durch und durch.

Loser ...

Sarah findet es trotzdem toll, dass ich gleich reagiert habe, wie ein Irrer gerannt bin. Sie fürchtet, dass ich mir was getan habe. Klar hab ich den stechenden Schmerz im Oberschenkel gespürt. Auch der Rücken tut mir an einer bestimmten Stelle pochend weh. Ich muss mit einem Wirbel auf einen Stein gestürzt sein.
Ich verbeiße den Schmerz. Sage ihr auch nicht, wie sehr ich mich vor Blut ekle, dem roten Saft, der aus mir quillt und die Hose am Schenkel verfärbt. Stattdessen küsse ich sie. Küsse mich hinein in ihren Duft. Küsse sie auf den Mund, ich will ihre Lippen so sehr. Vorsichtig, damit sie nicht erschrickt, schiebe ich meine Zunge in sie, aber sie will es wie ich, und ich hab noch nie so eine Hitze mitten an einem kalten Tag gespürt. Sie lächelt mich an wie ein Engel.
Ein sexy Engel.
Damit ich sie nicht gleich mit dem nächsten Kuss und meinen Händen bedränge, die ich schwer beherrschen kann, rede ich von der Frau. Da sagt Sarah diesen tödlichen Satz: Dass es Menschen gibt, die als Verlierer geboren werden.
Etwas erstarrt in mir.

## Sarah

Ich verstehe Olivers Reaktion nicht. Warum springt er einfach von der Bank hoch, nur weil ich glaube, dass es Menschen gibt, die als Verlierer geboren werden? Er gehört doch bestimmt nicht dazu!
»Let's go!«, sagt er ungeduldig.
»Was hast du denn plötzlich?«
»Nichts. Ich will einfach weiter!«
»Du hast doch was. Du bist mit einem Mal ganz anders.«
»Du irrst dich. Ich bin derselbe wie vorhin. I just want to go!«
»Okay. Wohin willst du?«, frage ich leicht verärgert.
»Weißt du es nicht?« Er bleibt stehen, dreht mich zu sich. Scheint wie verwandelt. Ich lese eine helle Ahnung in seinen Augen, Herzklopfgefühl, erkenne das Besondere, das uns auf geheimnisvolle Art verbindet. Sein Gesicht kommt immer näher, seine Augen, sein Mund, er küsst mich, zart, ich spüre das Feuchte seiner Lippen, das Warme, warte auf die Berührung seiner Zunge. Als ich ihr begegne, begegne ich einer köstlichen Frucht. Ich rieche seinen Geruch von Erde und Abenteuer. Er trägt ihn mit sich. Wir halten uns fest mit all den ungesagten Worten.
Wundern stellt man keine Fragen.

Ist der Gedanke an die Liebe schon die Liebe? Entsteht sie schon lange vor dem Wunsch und heißt Sehnsucht?

Wir umarmen uns lange, oben auf dem Hügel. Der Wind singt, die Luft hat Zauberworte. Olivers Blick taucht tief in mich, die Welt verliert ihre Grenzen, ihre Gesetze, ihr: »Du darfst und du darfst nicht, du sollst und du sollst nicht«. Was wir so stark empfinden, hat keinen Namen. Weil es unbenennbar ist, erweckt es auch Angst in mir. Wir würden weit gehen. Weit. In dieser Sekunde beamen wir uns rund um den Erdball. Dorthin, wo uns keiner erreicht, und tief in uns bohrt sich ein flammend heller Wunsch an die Oberfläche. Er verbindet uns wie Flüchtende. Als der Augenblick verlischt, nehme ich wieder die Wirklichkeit wahr. Den kühlen Wind, den Schotterweg, die Stadtmauer, den Nebel über den Dächern. Die Geräusche der Stadt brechen zwischen den Steinen auf, dringen wie ein ferner Chor zu uns.

Oliver greift nach meiner Hand und wir folgen dem Weg, der auf der anderen Seite hinunterführt in den angrenzenden Bezirk. Dort, wo viele hohe Bäume nebeneinander wachsen, befindet sich ein Vergnügungspark, mit einer Achterbahn, einem Karussell, Schießbuden und Musikkapellen.

»Bald kommt hier ein Zirkus her. Schade, dass du dann nicht mehr da bist.«

Oliver reagiert nicht. Vielleicht macht er sich nichts aus Zirkus.

Der Wind trägt abgerissene Töne zu uns, Lachen, Schreien, ein Glockenspiel, einen Knall. Bratfettgeruch mischt sich in die eben noch klare Luft. Der Lärm, die Farben, die Menschen haben uns in ihre Mitte genommen.

Vor einem grün gestrichenen Holzhäuschen versucht jemand tellergroße bunte Plastikringe über einen aufgespießten Bärenkopf aus Plüsch zu werfen.

»Bei uns wirft man mit Bumerangs. Es gibt viele Möglichkeiten, es richtig zu lernen. Die Aborigines bringen es den Weißen bei, aber ihre Geschicklichkeit erreichen wir nie.«

»Was gibt es noch bei euch, was es hier nicht gibt?«

»Surfen, surfen und noch mal surfen ... wilde Pferderennen im Outback, wo der Wüstensand zwischen den Zähnen knirscht, und wenn du Lust hast, kannst du zwischen März und Mai mit Flossen und Schnorchelmaske im Meer treiben, direkt neben den Whalesharks ...«

»Neben *wem*?«

»Neben friedlichen Walhaien ... die gibt's ... und ... außerdem haben wir jede Menge untertassengroße Spinnen ... Skorpione ...«

»Jetzt mach mal einen Punkt!« Ich boxe Oliver in die Rippen. »Wie kannst du das Meer in einem Atemzug mit Spinnen nennen!«

»Wie kannst du mich so ansehen wie vorhin auf dem Hügel und mich jetzt in die Rippen boxen! Es gehört eben alles zusammen. Du musst es nur aus dem rich-

tigen Blickwinkel betrachten. Ein Spinnennetz ist ein piece of art.«
»Ohne die eklige Spinne!«
»Du kannst auch nicht dein Steak ohne die Kuh haben, die geschlachtet wird. Es ist oft was Grausames da, bevor etwas Schönes entsteht. Wobei ich an Spinnen nur grausam finde, dass manche Weibchen die Männchen nach der Paarung fressen.«
»Aber ich würde dich nicht fressen!«, rutscht es mir heraus.
»Ich dich schon!«, sagt Oliver und packt mich gespielt blutrünstig am Genick. Noch Sekunden später ist sein Griff in meinem Nacken spürbar. Ein Schauer nach dem anderen rieselt meinen Rücken hinab.
Wir drängen uns durch die Menschenmenge, bleiben vor einer Getränkebude stehen, und während Oliver eine Dose Bier kauft, beobachte ich ihn, sehe sein Gesicht im Profil, wie er den Kopf neigt, die Münzen hervorkramt, sie zählt, langsam, in der für ihn fremden Währung, wie er den Arm ausstreckt, das Geld über den Tresen reicht, die Dose entgegennimmt. Das alles läuft wie ein Film ab, seine Bewegungen, sein Gesichtsausdruck, sein Haar, das den Hemdkragen berührt und sich hier und dort an den Spitzen aufdreht. Ich möchte ihn am Nacken berühren, der so ungeschützt wirkt, als er sich bückt, um ein Geldstück vom Boden aufzuheben. Ich schlafe mit ihm, er würde mich fressen ...
»Hey, du siehst mich schon wieder so komisch an!« Oliver lacht, entjungfert die Dose mit einem Riss.

»Ich hab gerade an was gedacht.«
»Deinem Gesichtsausdruck nach muss es sehr schön gewesen sein. I bet it was a beautiful dream about spiders and what some of them do!«
»Du hast gar nicht so Unrecht!«, sage ich und fühle mich ertappt.
»Let's try one of those!« Oliver deutet auf die kleinen, wild bemalten Waggons, die die Achterbahn hinuntersausen.
»Or are you afraid?«
»No!« Schon springt die Angst in meinen Bauch, schleicht die Beine hoch, macht meine Handflächen feucht. »No!«, wiederhole ich und wünschte, ich wäre nicht hierher gekommen. Ich hatte es in der Hand, wohin wir gehen, hätte die Richtung bestimmen können, lieber in den Wald mit den hohen, beständigen Bäumen, als hierher zu spazieren, angezogen von der Masse, dem bunten Treiben, von Musik und Spiel. Statt mir selbst zu folgen, meinen Wünschen, die uns in die Stille geführt hätten, für diese kurze Zeit, die uns bleibt. Küsse austauschen. Umarmt werden.
Plötzlich bin ich traurig. Wann wurde ich das letzte Mal umarmt? Seit einem halben Jahr habe ich keinen Freund. Ich habe mich von ihm getrennt, weil er sogar eifersüchtig auf meinen Hamster war.
Eifersucht ist nicht Liebe.
Die Jungs, die ich kenne, sind kindisch, und jene, die mir gefallen, sind älter, aber an die wage ich mich nicht ran. Manchen weiche ich auch lieber aus. »Sie

lassen einen fallen, wenn man nicht gleich will, was sie wollen«, sagt Liora. Ich glaube ihr. Es ist leichter, etwas zu glauben als es selbst zu versuchen.

Temor wäre der Erste seit langem gewesen. Er ist ernst. Er hört super Musik. Und er hat Augen wie Himmelsschwarz. Aber er ist schüchtern. Und zwischen ihm und mir fehlt das unsichtbare Band, das Oliver und mich vom ersten Augenblick an verbunden hat.

Nein. Umarmt hat mich lange niemand mehr. Auch nicht in der Familie. Seit Papa uns vor einem Jahr verlassen hat und mit dieser neuen Frau lebt, habe ich die Wärme der Berührungen verloren.

Kurz darauf ist auch Liora ausgezogen.

Jetzt gibt es nur noch Mama und mich.

Mich und Mama.

Sie ist so verbittert, so aggressiv geworden, in diesem letzten Jahr. Sie lässt mich kaum an sich ran. Dann wieder zieht sie mich an sich, in einem Anfall von Liebesbedürfnis, und ich muss sie Mama nennen und nicht Kathia, wie ich es manchmal tue, wenn wir beide uns Dinge aus unserem Alltag erzählen, beinahe wie Freundinnen.

Seit Papa weg ist, hält sie mich immer öfter fest. Es ist wie eine Umklammerung, nicht um mich zu halten, sondern damit ich ihr Halt gebe.

Das kann ich nicht.

Ich mag meine Mutter. Manchmal habe ich sie lieb. Sehr. Dann wieder rede ich zu ihr und es ist, als wäre

da eine Wand. Und ich kann sie kurz hassen für ihre Kälte und die Art, wie sie mir etwas befiehlt.
Ich will mein eigenes Leben. Ich will weg. Weg aus den fremden Wünschen, die andere mir aufzwingen.
Alle wollen etwas von mir.
Mama, Lehrer, Freunde.
Jessica aus meiner Klasse will, dass ich heimlich ihren Freund beobachte, der unweit von uns wohnt. Ob er sich mit Ruth aus der Nachbarschule trifft. Ich habe keine Lust, für sie zu spionieren.
Sogar Temor will etwas von mir. Dass ich es bin, die den ersten Schritt macht.
Er ist ein Feigling. Und viel zu jung.
Auch Oliver und ich sind jung und doch besitzen wir ein tiefes Wissen um die wahren Dinge. Wir leben unsere Begegnung, als wäre sie eine Ausdehnung des Ozeans, als wäre sie Berg und Himmel, Vulkan und Feuer, Ebene und Tal. Wir wissen um den Sturz in den Abgrund und wie es ist, Flügel zu besitzen, ohne es je einander erzählt zu haben.
Er und ich, wir sind ganz nah dran an der Freude, am Schmerz, an der Erforschung durch die Sinne.
An der Liebe.
Deshalb vermag die Liebe das Staunen zu überflügeln, das Staunen darüber, dass sie sich so plötzlich, so klar zeigt. Dass sie in jeder Sekunde möglich ist.
Viele Erwachsene behaupten: Die Welt ist nicht mehr, was sie war. Sie ist kalt. Voll Gewalt. Es gibt wenig Liebe. Sie sagen es mit Bedauern, als hätten sie etwas

verloren, was sie nie wirklich gekannt haben. Aber sie wenden sich bloß in eine Richtung und wundern sich, dass sie nur diesen einen Ausschnitt entdecken und nichts rundherum.

Ich schaue weiter.

Für mich ist die Welt ein Ort, an dem zwar Platz für Schlimmes ist und für meine Ängste, aber sie ist vor allem ein Ort voller Wunder und Möglichkeiten. In ihr ist Platz für die Hoffnung. Raum für die Liebe. Oliver und ich sind nicht verwundert, dass es die Liebe noch gibt. Wir wissen es.

Oliver merkt, dass ich meinen Mut vortäusche.

»Are you afraid?«, fragt er plötzlich, beugt sich zu mir, umarmt mich.

»A little bit«, sage ich und blicke mit einem flauen Gefühl zu den wackeligen Waggons auf der Schwindel erregenden Achterbahn.

»I will hold you tight!«, sagt Oliver. »You have to overcome your fear!«

»Why?«, frage ich trotzig.

»That's a good question. Vielleicht hat es etwas mit meinem Leben zu tun. Ich habe immer viel überwinden müssen, you know?«

»Ach so? Was zum Beispiel?«

»Ich sollte in einer Schwimmhalle von einem Zehnmeterbrett springen. Vor der ganzen Klasse. But I just couldn't. I just couldn't«, wiederholt er. »But all the other boys did it. Except me. Und als ich die Leiter wieder runtergeklettert bin, they all laughed at me.«

»Na und? Ich kenne eine Menge Jungs, die würden sich das nie trauen. Geschweige denn Mädchen. Ich auch nicht.«

»It's different. It was a sportsschool I went to, you know. Wir hatten sogar Surfen als Unterrichtsfach. Da musstest du was beweisen. Die hatten alle eine Menge drauf!«

»Und, kannst du heute vom Zehnmeterbrett springen? – Ich hasse es immer, was beweisen zu müssen, um akzeptiert zu werden!«

»Ja. Heute kann ich es«, sagt Oliver stolz, richtet seinen Körper auf. »Yes!«, wiederholt er. »Heute versuche ich alles. Almost. I have learned how great it is to overcome one's fear!«

»Okay«, sage ich angesteckt von seiner Überzeugung. »Ich versuche es. Aber du musst mich festhalten, hinter mir sitzen und die Hände auf meinen Schultern halten, damit ich nicht das Gefühl hab, allein da runterzusausen.«

»Mit dir sausen noch mindestens zehn andere hinunter. Don't worry! Ich steig nicht mittendrin aus!«

Don't worry ... es fühlt sich trotzdem wie kalte Angst an. Manchmal gibt es nur einen schmalen Grat zwischen dummem Leichtsinn und kalkuliertem Risiko. Im Fernsehen habe ich einmal mitangesehen, wie sich einer auf einem Mountainbike im Felsmassiv des Grand Canyons nur mit einem Fallschirm in tausend Meter Tiefe gestürzt hat. Er konnte erst knapp vor der Landung den Fallschirm öffnen und segelte irgendwie wieder hoch. Es war ein Experiment. Haben solche Menschen keine anderen Sorgen?

Wir stehen an der Kasse, das Rattern der Achterbahnwagen in den Ohren. Ich blicke noch einmal zu dem eisernen Schienenmonster hoch. Jetzt befinden sich die bunten Wagen auf der Kuppe, der Zug zögert vor dem Sturz in die Tiefe. Jetzt! Die Menschen dort oben fetzen ihre Stimmen über den Erlebnispark, die Angst hat einen durchdringenden Ton.
Gerade schiebt Oliver den Geldschein durch den Schlitz in der Glasscheibe.
»Nein. Ich will nicht«, sage ich entschlossen und blicke Oliver fest in die Augen.
»Are you sure?«
»Yes!«
Oliver zieht den Schein zurück. »I love you for that!«, sagt er und küsst mich auf die Stirn.
»Why?«, frage ich verwirrt.
»Because you know exactly what you want. You don't cheat yourself.«
»Was mach ich nicht?«
»Dich selbst betrügen. Du gibst nicht etwas vor, was du nicht bist und nicht willst. Egal wie du danach dastehst.«
Wir verlassen die Kasse und ich bin mir nicht sicher, wer von uns beiden der Mutigere ist. Der, der die Angst überwindet, oder jener, der zu ihr steht? Olivers Berührung reißt mich aus dem Grübeln.

Mit dem Handrücken fährt er mir über die Wange.
»It's okay. Never do what you don't want to do!«

Manchmal hat Papa mich so gestreichelt. Mit dem Handrücken über die Wange. »Mein Kind ...«, hat er mit seiner warmen Stimme gesagt.
Jetzt hat er ein nagelneues Kind. Mit der fremden Frau. Ein blank geputztes und frisch gerubbeltes, mit Weihnachtssternen geschmückt und in die Auslage gestellt.
Seht her, hier bin ich. Ich habe sie alle weggedrängt.
Kathia, Liora, Sarah.

»Was ist das eigentlich für eine Feder, die da aus deinem Rucksack ragt?«, frage ich Oliver plötzlich.
»Die Feder?« Oliver sieht schräg nach hinten, als hätte er seine Feder zum ersten Mal entdeckt. »Es ist eine Pelikanfeder«, sagt er. »Du hast mich schon in der U-Bahn danach gefragt!«
»Hat sie eine besondere Bedeutung?«
»Yes!«, sagt Oliver und wirkt plötzlich wieder verschlossen wie auf der Bank vorhin, kurz bevor er aufsprang und davonging.
»Look!« Er lenkt mich ab, zeigt auf ein etwa 18-jähriges Mädchen, das auf ihren Inlineskates wilde Loops springt, sich um die eigene Achse dreht, auf den acht Rollen sicher wie eine Katze auf den Pfoten landet.
»Ich würde das auch gerne können«, sage ich.
Ich würde so vieles gerne können.

Achterbahn fahren, gut Englisch sprechen, aufregend tanzen, meine Angst überwinden.
Papa zurückholen.
»Ich muss bald gehen«, sagt Oliver. »Mein Vater wartet auf mich.«
Ich zucke zusammen. Wer von uns beiden wird den anderen zurückhalten und als Erster »Wann sehen wir uns wieder?« fragen?
»Can I see you tomorrow?« Oliver zieht mich an den Enden meines Jackenkragens zu sich hin wie eine Drohung, sollte ich Nein sagen.
»Tomorrow?« Ich bin so durcheinander, dass ich nicht weiß, welcher Tag morgen ist.
»Ich hab Schule, Oliver!«
»Stimmt. I completely forgot! Nur ich habe jetzt Ferien. Und wann hast du aus!?«
»Erst um drei. Dann muss ich zu dieser idiotischen Mathenachhilfe und ich kann den Lehrer nicht erreichen. Anschließend soll ich zu meiner Großmutter. Aber die versteht mich ... Ich meine, wenn ich ihr sage, dass ...«
»... ein super Typ den ganzen Weg von Australien bis zu dir getravelled ist, wird sie uns doch eine ihrer kostbaren Stunden mit dir schenken, oder?«
»Mit ihr versteh ich mich gut. Ich werde eine Möglichkeit finden.«
»Ich sollte morgen hier ein full program absolvieren. Meine Eltern haben mir Kultur verordnet. Es gibt angeblich irgendeine besondere Ausstellung über euro-

päische Maler und Fotografiekunst in Schwarzweiß. Die bevorzugte Technik meiner Mam. Sie ist Fotografin. Auf ihren Bildern sehen alle Menschen besonders aus. Ich glaube, sie kann die Seele der Menschen fotografieren.«

»Du hast mir erzählt, dass sie die Träume deines Vaters teilt. Jemand, der die Träume mit einem anderen Menschen teilen kann, kann auch hinter die Gesichter sehen. Hinter das Sichtbare.«

»Du musst immer auch das Innere erkennen können, sagt sie.«

»Stimmt. Ich hab mal von einem chinesischen Philosophen einen Satz auf einem Kalenderblatt gelesen: ›Nichts täuscht mehr als das Sichtbare. Wissen ist seicht. Nichtwissen ist Tiefe.‹ – Ich hab lang drüber nachgedacht.«

»That's very clever, aber auch schwer zu verstehen.«

»Schau. Ich sehe, dass du einen Rucksack hast mit einer Feder. Ich könnte also annehmen, du liebst Vögel. Das ist das Sichtbare. In Wirklichkeit kannst du sie vielleicht nicht ausstehen und hast einfach einem armen Pelikan seine Schwanzfeder ausgerissen und das ist deine Trophäe! Das wäre also das Nichtwissen über das, was dahintersteckt. Und wenn du einmal beginnst zu forschen, gerätst du immer tiefer und tiefer in andere Wirklichkeiten.« Ich lache, weil ich mir irgendetwas zusammengereimt habe und Oliver darüber nachzudenken beginnt.

Nicht nur seine Mutter kann das Innere sehen. Auch

ich kann es. Es ist Olivers Wesen und es schwingt in seiner Stimme, in seinen Berührungen, in seinen Gedanken mit. Es hat eine bestimmte Farbe, für die ich noch keine Bezeichnung habe.
»Du bist anders als die meisten«, sage ich.
»Und ich kenne nicht viele Mädchen, die so sind wie du, mit denen ich so reden kann. In Wirklichkeit gar keine.«
Oliver stellt seinen Rucksack ab, nimmt mein Gesicht in seine Hände, küsst mich mitten im Menschenstrom und im Lärm der Außenwelt, die uns nicht berührt. Es ist ein zarter Kuss, der sich steigert. Er dauert lange und die Zeit steht still.
»Ich werde eine Lösung finden für morgen«, wiederhole ich am Ende des Kusses. »Vielleicht schicke ich meine Freundin zu meinem Mathelehrer. Sie hat es genauso nötig wie ich. Schließlich verlangt sie Spionagedienste von mir. Gleich heute Abend werde ich ihr eine Geschichte liefern, dass sie sogar bereit wäre meine Socken zu waschen!«
»I knew you will find a way!«
»Ich versuch es. Aber das, was sein soll, kommt auch ohne dein Zutun, sagt meine Großmutter immer.« Wer weiß, was noch alles auf mich zukommt, ebenso überraschend, wie Oliver in meinem Leben aufgetaucht ist.
»Weißt du, was hinter dem Himmel ist?«, frage ich Oliver plötzlich.
»Du hast vielleicht Fragen! Noch ein Himmel, denke ich. Und noch einer und noch einer!«

»Das sind drei. Es erinnert mich an einen Jungen in den Ferien. Der sagte: ›Die Moslems sagen, es gibt nur einen Gott. Die Juden sagen, es gibt nur einen Gott. Die Christen sagen, es gibt nur einen Gott. Wieso gibt es dann plötzlich drei?‹ Ich musste damals lachen. Ich hatte es noch nie so betrachtet. Es ist ein bisschen wie deine Antwort über den Himmel. Ich glaube, es gibt nur einen, aber dahinter oder darüber vielleicht …«

»Sushi-Berge oder Hamburger-Wälder und wir essen uns satt! Ich habe Riesenhunger!«, unterbricht Oliver mein Grübeln und beißt in meine Jacke.

»Stop it!«

»Then give me something to eat!«

»Wir könnten uns ein Sandwich teilen, wenn du möchtest. Ich hab keine große Lust, mich in ein volles Lokal zu setzen. Dort, zwischen den zwei Buden, ist eine Bank.«

Hoch über den Köpfen der Parkbesucher tanzen plötzlich viele blaue Luftballons im späten Nachmittagslicht, jemand geht auf roten Stelzen durch die Menge, zwei gefährlich aussehende Hunde springen mit wütendem Gekläff aufeinander los, so dass ihre Besitzer sie nur mit Mühe an der Leine halten können. Nichts hält uns auf. Wir kaufen uns ein Sandwich, steuern auf die leere Bank zu, auf der wir eng nebeneinander sitzen, und arbeiten uns mit den Zähnen von beiden Enden her an die weiche, duftende Mitte heran.

Plötzlich fällt mein Blick auf einen Satz, der in das Holz der Bank geritzt ist.

»Look, Oliver! Schau, was da steht: Love is like a piece of gold. Hard to find and hard to hold!«

»Das hast du wunderschön gesagt.«

»Ich hab es nicht geschrieben.«

»Aber wie du es gesagt hast, hat den Worten einen besonderen Klang gegeben. Manchmal fügen wir den Dingen durch die Art, wie wir sie ausdrücken, etwas hinzu und sie beginnen sich zu verändern.«

»Das klingt, als wärst du doch ein Dichter!«

»A poet? No! Meine Mutter liest manchmal laut Texte. Sie spielt in einem Laientheater. Ich höre ihr gern zu. Bei mir kommen dann so Sätze einfach raus. Sag, glaubst du an Telepathie?«

»Ich weiß, dass es sie gibt. Zum Beispiel heute in der U-Bahn, als du mir gegenübergesessen bist. Ich dachte: Hoffentlich spricht er mich an.«

»Und ich frag dich nach dem Steinmannplatz, obwohl ich genau wusste, wo ich aussteigen muss. Statt gleich zu sagen: Hey girl, do you want to spend the day with me?«

»Das wäre vielleicht zu direkt gewesen. Was hätte ich denn antworten sollen?«

»Ja!«

»Ich sag *jetzt*: Ja!«

Oliver drückt mich an sich. »Ich weiß nicht viel von dir, Sarah. Aber ich weiß, dass du mein ›DU‹ bist. Es ist ähnlich, wie wenn wir bei uns durch unsere weiten Landschaften fahren. Wir sehen keine Grenzen, wir kennen nicht das andere Ende, wissen oft nicht, wie wir genau dorthin kommen werden. Aber wir wissen, dass es das ist, was wir wollen.«

»Du denkst viel nach, nicht wahr?«

»Yes I do. Gibt nicht viel Abwechslung dort, wo ich wohne. Ich bin auch viel allein, da habe ich jede Menge Zeit. Meine beiden Brüder wohnen schon lange nicht mehr zu Hause, haben ihre eigenen Familien. Ja, ich denke gerne nach. In meinen Gedanken kann ich überall hinreisen. Keiner mischt sich ein, den ich nicht will. Und wenn ich den Weg nicht kenne, macht es nichts. Ich finde einen anderen.«

Wenn ich Oliver ansehe, wenn ich ihm zuhöre, ist es, als würde er mich in eine unbekannte Welt führen. Manchmal zögere ich noch, ihm zu folgen. Rede lieber von etwas, worin ich mich auskenne.

»Bist du gut in der Schule?«, frage ich.

»Ziemlich. Ich lerne gerne.«

»Ich nicht. Meine Mutter will immer, dass etwas Besseres aus mir wird, damit ich von keinem abhängig bin. Schon gar nicht von einem Mann. Aber wenn sie mich noch lange drängt, dies und jenes zu lernen und gute Noten zu bringen, meld ich mich bei der Müllabfuhr. Mal sehen, was sie dann sagt. Bin ich dann weniger wert?«

»In der Gesellschaft schon. Für dich selbst und die Menschen, die dich lieben, nicht. Wenn ich lerne, denke ich nicht, was ich werden will. Ich habe keine Ahnung. No idea! Aber es ist einfach interessant, mehr über unsere Welt zu erfahren, über Geografie,

Mathematik, Physik, Chemie ... Du lernst was über wirkliche Dinge, die zuvor noch ein Wunder waren. Du erfährst, wie sie entstehen. Und sie haben alle in den Köpfen der Menschen begonnen, die neugierig waren und auf irgendeinem Gebiet besondere Fähigkeiten hatten.«

Auch Liebe ist ein Wunder. Was Oliver wohl über sie denkt? Ich wage nicht, die Frage auszusprechen. Das Wort Liebe ist zu groß, zu heftig. Es könnte zerbrechen, wenn er es unbedacht fallen lässt.

»Ich wünschte, es gäbe mehr Liebe auf der Welt«, sage ich andeutungsvoll.

»Die Liebe ist immer da, Sarah. Nur schauen wir manchmal woanders hin und glauben, sie ist weg.«

Oliver dreht meinen Kopf zu sich. »Sie ist da, Sarah. Du kannst sie nicht erfinden. Sie ist das wirkliche Wunder.«

Wir schweigen und rasen mitten in die Liebe hinein. Wir halten uns fest. Sie tanzt in unser Leben und verbindet sich mit uns.

»Es ist so schön, dass du da bist, Oliver. Kannst du morgen nicht unsichtbar neben mir in der Klasse sitzen? Wir haben Physik-Schularbeit!«

»Ich wäre dein Einsager, dein Zuflüsterer, wie im Theater.«

»Flüstern allein genügt bei mir nicht. Du müsstest mir schon die komplette Lösung durchsagen! Und zwar deutlich. Neulich hatte ich wieder eine Vier in Mathe. Ich krieg immer nur Vierer. Meine Mutter hat einmal gefragt: Kannst du dich nicht anstrengen und was an deinen Noten ändern? Einen Monat darauf bekamen wir das nächste Resultat. Hey Mama, hab ich gesagt, ich hab was geändert an meiner Note. Jetzt hab ich eine Fünf!«

»Ich wäre gerne dein Nachhilfelehrer!«

»Ich bin nicht blöd, aber ich kann Mathematik, Chemie und Physik nun mal nicht ausstehen und sie mich scheinbar auch nicht!«

»Vielleicht musst du nur deine Einstellung ändern. Je weniger du etwas magst, je mehr du es ablehnst, desto weniger wirst du es können. Tell yourself: Math is total spannend, ich habe richtig Lust, mit den Zahlen zu spielen! See it as a game. Most things in life are games! Even falling in love is a game. Sometimes you win. Sometimes you lose.«

Ich blicke Oliver erstaunt an, aber seine letzte Aussage gefällt mir nicht. Er ist ein eigenartiger Junge.

»Ich sehe das nicht als ein Spiel!«

»Sorry. Vielleicht habe ich es nicht so richtig ausgedrückt. Look: Mein Vater sagt von sich: Ich habe in meinem Beruf viel aufs Spiel gesetzt. Aber manche Mitarbeiter sind nichts als bezahlte Feinde. Allein wäre ich besser zurechtgekommen. Sie haben ein anderes Spiel gespielt als ich. In der Liebe aber war ich allein verantwortlich für das, was ich empfinde und tue, und in all den Jahren habe ich mich immer mehr in deine Mutter verliebt!«

»Das klingt wunderschön«, sage ich.

In Wirklichkeit tut es weh. Ich denke an meine Eltern und blicke über einen hohen Stacheldrahtzaun. Ich sehe die Liebe jenseits des Zauns liegen. Keiner hebt sie auf.

»Du hast Glück«, sage ich.

»Darin schon. Ich glaube, das ist, weil meine Eltern nicht alles so serious genommen haben. Sie haben einen Traum gehabt und ihn gelebt. Gegen die Gesellschaft. Aber für sich.«

»Schön für sie!« Plötzlich bin ich verstimmt. Genug vom rosaroten Leben im Schafland! »Ich finde trotzdem nicht, ›most things in life are games‹! Wenn es so wäre, so my father played a bad game. Ein ganz mieses, schlechtes Spiel, weißt du. Nur war es ernst. It was hell. He left us.« Ich werde mit jedem Wort lauter, atme aufgeregt.

Wieso habe ich das jetzt gesagt? Die Stimmung verdorben, mit meiner verdammt traurigen Wut!

Oliver dreht sich ganz zu mir, nimmt mich vorsichtig in die Arme, drückt mich an sich, spricht in mein Haar hinein: »I am sorry«, sagt er sehr leise. »I am so sorry.«

Ich höre seine Stimme durch mein Herz.

Wir sitzen mitten im Schweigen und halten uns fest gegen die ganze Welt.

»Ich möchte nicht mehr darüber reden«, sage ich. »Erzähl mir was von Australien!«

Oliver ist noch zu erschrocken von meinen heftigen Worten. Es fällt ihm nichts ein. Die Stille breitet sich weiter aus, mitten im Lärm. Rund um die Bank picken fette Tauben Futterreste und Dreck auf.

»Look at those beasts!«, sage ich. »Echte Biester sind diese Tauben!«

»They are a bit like the Kakadus in our country. They are all over. Sie sitzen auf den Fernsehantennen und kreischen mit dem Programm um die Wette. Tauben sind wenigstens leise.«

»Ich mag keine Tauben! Sie sind dick und schmutzig und glotzen mit gierigen Augen. Sie haben mein Fensterbrett mit Kot versaut und jeden Morgen wecken sie mich mit ihrem widerlichen Gurren auf!« Ich deute auf eine besonders hässliche Taube, die nahe an meinem Fuß umherpickt.

»Ich mag diese Vögel. Ihre Federn glänzen so schön türkis und violett. Besonders im Sonnenlicht!«

»Es scheint keine Sonne!«

»Aber du weißt, wie es aussieht. Und wenn sie einander lieben, kannst du es hören.«

»Ich hasse ihr Gurren!«

»Es heißt: Ich liebe dich!«

Sollte Oliver *mich* meinen, bekommt die nächstbeste Taube eine Extraportion Futter.

»Kannst du nicht nur Deutsch und Englisch, sondern auch Taubisch? Wieso verstehst du, was die gurren?«

»Es ist der erste Satz, der mir einfiel, als ich dich ansah.«

Oliver nimmt behutsam meine Hände, zieht mich an sich, seine Lippen berühren meine Stirn, meine Na-

Spaß mit ihnen haben kann. By the way: You can have fun with big girls too!«

Oliver zieht mich heftig an sich und küsst mich am Hals, hebt den Pulloverausschnitt hoch und küsst mich an den geheimeren Stellen, legt seine Hand unter meine Jacke, auf meinen Bauch, knapp am Hosenbund. Heiß fühlt sich die Hand durch den Stoff an, noch heißer an jener Stelle meines Körpers, an der die erregendsten Dinge geschehen.

»We are not alone!«, sage ich und ziehe seine Hand weg.

»I don't see anybody«, sagt Oliver mit einem Lächeln und blickt in die Menschenmenge.

## Oliver

Es gibt Menschen, die sind Verlierer im Leben, hat Sarah auf dem Hügel gesagt. Loser ... Sie hat nicht mich gemeint, ich weiß, sondern diese Frau, die zum dritten Mal beraubt wurde. Und doch löst das Wort immer noch Verletzung und Wut in mir aus. Ich musste einfach weg von dem Ort, als könnte ich damit das Wort hinter mir lassen, das mich von allen Seiten ansprang.

Gleich darauf, wir waren nur einige Schritte gegangen, erzählte sie mir auch noch begeistert von einem Zirkus, der demnächst seine Zelte dort unten aufstellen würde, wo der Lärm von einem Mini-Disneyland zu uns heraufschallte. Alles kam wieder hoch. Alles, was ich glaubte vergessen und bewältigt zu haben.

Ich mag keinen Zirkus. Und schon gar nicht die Clowns, aber es geht Sarah nichts an, es geht niemanden was an. Es ist meine Geschichte und ich werde sie so lange verschweigen, bis sie ausgelöscht ist.

Es war hier, in diesem Land, lange bevor wir nach Australien zogen.

Die Clowns sind grob und laut und mächtig. Ganz anders als die Gartenzwerge, die mit ihrem roten Mund lachen, aber keinem was tun. Manchmal holen sich die Clowns zum Vergnügen des Publikums wehrlose Zuschauer in die Manege und treiben ihre Späße mit ihnen.

Eines Tages nahmen mich meine Eltern mit in den Zirkus. Ich war fünf und schon damals ziemlich groß für mein Alter. Ich wirkte wie ein Kind, das in die Schule geht und schon mehr von dem versteht, was es oft noch nicht wissen will.

Meine Eltern waren stolz, dass ich ausgewählt wurde und an der riesigen Hand des großen Clowns in der Mitte der Manege stand.

»Magst du Luftballons?«, fragte der Clown, rieb sich die gewaltigen Hände in den weißen Handschuhen und lächelte mit dem grotesk überschminkten Mund. Ich fand ihn abstoßend hässlich.

Ich nickte, registrierte den Sand der Manege, die Ausdünstung der Tiere, die Menschenmenge, das grelle Licht, verlor die Eltern aus den Augen. Verschluckt waren sie zwischen all den Köpfen.

Der Clown hielt mir einen hellblauen Luftballon an einer dünnen Schnur hin. Ich sollte mit ihm im Kreis gehen. Ich griff nach der Schnur, doch in diesem Augenblick ließen die fremden dicken Finger die Schnur los, der Ballon entschwand in die Zirkuskuppel und der Clown lachte sein schallendes Lachen. Ich war nicht fähig, einen kleinen Luftballon zu halten!

Plötzlich trat ein anderer Clown hinzu, ein schöner, ernster in einem Glitzerkostüm, mit weißem Gesicht und schwarzen, geschwungenen Brauen, eine höher als die andere: der Pierrot, der Kluge, der dem lächerlichen Clown die Befehle gibt, die dieser dann möglichst ungeschickt ausführt. Und mich hatte er als Gehilfen ausgesucht und noch mehr Ballons auf Lager. Rote, grüne, gelbe, violette. Das Ganze begann von neuem. Das Spottlachen des Publikums wurde lauter. Ich erwischte keinen, obwohl ich mit aller Kraft versuchte, immer höher zu springen wie ein Hund, der nach der Wurst schnappt, die ihm sein Herrchen vor die Nase hält. Ich war dem Weinen nahe. Der Clown tat so, als könne er ebenfalls keinen einzigen Ballon festhalten, aber ich war der Kleinste, ich war der, mit dem gespielt wurde. Ich musste verlieren.

»Loser!«, brüllte der ernste Clown plötzlich meinem Peiniger zu.

Der beugte sich tief zu mir hinunter, stemmte die Hände in die Hüften und gab das Schimpfwort an mich weiter. »Loser!«, brüllte er. Das Publikum lachte.

Loser. Es war mein erstes englisches Wort, bevor ich nach Australien kam. Seitdem fühlte ich mich schon als Verlierer, wenn ich für die falsche Fußballmannschaft die Daumen hielt und die Gegner gewannen.

Als ich in der australischen Schule den Schwimmwettbewerb nicht schaffte – Sarah habe ich erzählt, dass ich vom Zehnmeterbrett hätte springen sollen –, hörte ich es wieder, das grelle, höhnische Lachen, das furchtbare Wort. Hörte es von Lela. Gleich darauf von meinen Klassenkameraden. Es machte mich genauso hilflos und wütend wie damals im Zirkus.

Als Sarah den Satz von den geborenen Verlierern oben auf dem Hügel sagte, hat das was in mir ausgelöst. Klar, dass sie nicht verstand, was mit mir los war. Ich wollte bloß weg, doch als ich mich umdrehte und ihr Gesicht wahrnahm, die fragenden Augen, dieses schöne, zarte Gesicht, wusste ich, dass es von diesem Moment an nur mehr eines gab: Kein Davonlaufen, sondern ein Aufeinander-Zugehen, immer näher und bestimmt. Es war nicht wichtig, wie der Ort hieß, an dem wir landen würden, gleichgültig, ob wir verstanden, was geschah. Da war etwas, das uns verband. Und es war stark.

Ich küsste sie, vorsichtig, hielt mich zurück, ihr nicht die Zunge zwischen die Zähne zu drängen, tastete mit meinem Mund über ihre Lippen, sog ihren Atem ein, berührte das Feuchte, Warme ihrer Haut. Es floss durch meinen Körper und ich wusste, ich wollte mit ihr schlafen.

Gleich darauf, in dem komischen Park, ist mir alles zu laut. Die Musik der Kapelle bloß organisierter Lärm wie die Zirkuskapelle. Krach, der in den Körper schlägt. Außerdem stinkt es nach Bratfett, die Menschen grölen, die Kinder schreien, die Lichter sind grell. Aber ihr scheint es zu gefallen. Als ich die Achterbahn entdecke, erfasst mich wieder dieser Nervenkitzel, etwas zu wagen, das ich nicht kenne. Seitdem ich ausgelacht wurde, versuche ich so ziemlich alles. Ich hatte erfahren, dass der Clown mächtig war und die Kinder in der Schule mutig. Auch ich würde eines Tages mächtig und mutig sein. Und manchmal frage ich mich, was wichtiger ist: Macht oder Mut?

Ich tat die verrücktesten Dinge. In gefährlichen Schluchten klettern, mit den Aborigines auf Jagd gehen und im Meer bei hohem Wellengang surfen. Das ist bei uns ganz groß, viele Jungs sind beim Riesenwellenreiten, den Tube-Rides, echte Akrobaten. Manchen gelingt es, erfolgreich das Ende eines Tunnels, das entsteht, wenn eine hohe Welle sich überschlägt, stehend zu erreichen. Ich bin nicht gut darin, aber ich versuche es. Immer wieder. Wenn keiner am Strand ist, der mich auslachen kann, wenn ich vom Brett falle.

In einer Achterbahn war ich noch nie.

Als Sarah im letzten Augenblick sagt, dass sie es nicht riskieren will, bewundere ich sie. Sie versteht nicht wieso, weil sie meine Geschichte nicht kennt. Ich selbst hatte kaum jemals mehr den Mut, Nein zu sagen, habe meine Herausforderungen angenommen.

Und jedes Mal wenn ich etwas bewältigt habe, zerfließt die Schminke des großen Clowns und er sackt in sich zusammen wie ein alter Luftballon.

Ich habe noch immer Jundumura, der mir manchmal Kraft gibt. Der Vertraute meiner Kindheit, der Held der Aborigines, von dem ich Sarah erzählt habe. Aber ihr gegenüber habe ich nur seinen Spitznamen erwähnt: Pigeon. Sein wirklicher Name bleibt mein ewiges Geheimnis. Von seiner Nähe, die ich in Angstnächten spürte, wird niemand erfahren.

Meine Mutter erzählte mir, schon bevor wir nach Australien zogen, manchmal von diesem Jundumura und seinem Stamm. Es waren meine Gutenachtgeschichten und sie ließen mich mit Träumen von seltsamen Menschen zurück, die ein Urwissen in sich trugen, das sie weise und mutig machte, gelassen und stark. Eigenschaften, die ich mir aneignen wollte. An einem jener Abende, als meine Mutter mir von Jundumura erzählte, hatten sie mich nämlich in der Schule wieder einmal verspottet, weil ich vor einem Hund davongerannt war. Als meine Mutter das Licht ausknipste und das Zimmer verließ, blieb es noch für Minuten seltsam hell. Ich konnte eine Gestalt erkennen, die vor meinem Bett erschien und schnell wieder verschwand: Es war Jundumura. Er sagte, er würde mir seine Kraft leihen, wenn ich vorsichtig damit umginge.

Ich fragte: »Was genau bedeutet ›vorsichtig‹?« Ich erhielt keine Antwort und doch fühlte ich mich von dieser Minute an zu vielem fähig, fühlte diese seltsame Nähe eines anderen Wesens, das mich vor schlimmen Verletzungen schützen würde. Ich war sieben und konnte noch die Schutzengel fliegen sehen und die Sterne singen hören. Als ich fließend lesen konnte, habe ich ihn dann in Australien in einem Buch über Sagen und Legenden entdeckt, indem es zu meinem Entsetzen hieß, er sei am Ende von der Polizei erschossen worden. Doch für mich ist Jundumura nie gestorben. Wenn ich ihn herbeiwünschte, stieg er

nachts in meinen Traum und blieb bei mir, um mich zu beschützen.
Bis zu dem Ereignis mit Lela.
»Wo bist du gewesen?«, schrie ich damals tief verletzt und voll Zorn.
»Ich habe mich entfernt, weil du langsam ein Mann wirst. Es ist eine Lektion, die du lernen musstest. Von nun an wirst du dir mehr zutrauen, denn der Stachel der Schande hat dich getroffen. Du wirst lernen deine wahre Kraft zu erkennen.«
»Ich hätte darauf verzichten können«, rief ich wütend.
»Du wirst erst Jahre später den Schatz deiner heutigen Erfahrung erkennen«, sagte er und entschwand.
Am nächsten Morgen schenkte mir mein Vater zu meinem Erstaunen ein dünnes Lederband mit einem Tigerzahn. Ich sollte es um den Hals tragen. Es würde mich auf dem Weg zum Mannwerden beschützen. Ich habe es nie mehr abgelegt.
Jetzt ist Sarah aufgetaucht. Und es gibt eine Menge Dinge, die ich mich traue.
Ich liebe dieses Mädchen. Es ist nicht das Äußere. Es ist nicht das, was sie sagt. Es ist nicht das, was sie tut. Es ist alles zusammen und mehr. Spürbar wie eine Aura.
Sie kennt die Angst, genau wie ich.
Und sie kennt die Liebe.

In dem Erlebnispark hätte ich gerne Lose gezogen, aber das mochte ich ihr nicht sagen. Ich wollte mir spielerisch das Glück holen, einen Volltreffer landen.

Wie im Lotto. Ich würde meinen Gewinn gegen einen Jeep tauschen, mit Riesenrädern und megastarkem Motor, mit dem ich querfeldein durch unseren Kontinent fahren könnte. Mit Sarah. Ich würde sie zu den gewaltigen Wave Rocks fahren, die wie meterhohe, zu Stein gewordene Wellen aussehen, sie zum berühmten Ayers Rock mitnehmen, dem Uluru mit seinem geheimnisvollen Licht, wenn die Sonne untergeht, und mit ihr dort in der Morgendämmerung erwachen, und ich wüsste, was ich tun müsste, um ihr zu zeigen, dass ich sie liebe.
Sie würde viel öfter lächeln als hier.
Sie ist ein eigenartiges Mädchen. Ein bisschen zu ernst, aber zwischen den vielen Betonwänden, den Straßen ohne Gras, den Plätzen ohne Bäume nehmen die Menschen etwas von den Steinen an.
Glatt. Grau. Und traurig.
Würde sie je verstehen, für was meine Feder steht? Würde sie begreifen, dass es mit einem Mädchen zu tun hat, das nicht zu unserer Geschichte gehört, zu Sarah und mir? Wie soll ich es ihr mitteilen, in der kurzen Zeit, die uns bleibt? Wie soll ich ihr erklären, dass ich sie liebe, ohne dass sie mich für verrückt hält oder annimmt, dass ich ein Gefühl vorschiebe, um bei ihr zu landen? Und wohin gehört dann der Sex? Zur Liebe oder ist er unabhängig von ihr? Ist er deshalb stärker als alles, was wir empfinden, macht er uns frei und die Liebe noch stärker?
Ich glaube, Sarahs Art, viel zu fragen, ist ansteckend.

Es war unglaublich aufregend sie zu küssen. Sie schmeckt nach Wärme und Frau, obwohl sie noch ein Mädchen ist. Sie ist noch unerfahren, glaube ich, und ich darf sie nicht zu sehr bedrängen, obwohl es verdammt schwer ist, die Hände dort zu behalten, wo sie gerade noch hingreifen dürfen. Ich hätte sie so gerne an den Brüsten gestreichelt. Ich war knapp dran, da hat sie ihre Jacke zugezogen, obwohl ...
Ich will sie einfach. Und sie will mich. Vielleicht traut sie sich nicht, es mir so zu zeigen, wie ich es mir wünschen würde.
Wir sind uns ja erst heute begegnet.
Ob sie das gleiche Gefühl hat wie ich, einander schon ewig zu kennen? Ich glaube es zu spüren, aber sicher bin ich mir nicht. Wer kann bei Mädchen schon sicher sein? Sie sind komplizierte Wesen, sprunghaft und verletzlich.
Wäre sie mit meiner Gedankenwelt aufgewachsen, wäre es leichter, uns vorbehaltlos zu begegnen: Sie wüsste von der Ahnung der Aborigines, die sagen: »Wenn du einem anderen begegnest, machst du eine Erfahrung und alle Erfahrungen sind ewige Verbindungen. Bewusst oder unbewusst.«

# Sarah

Auf dem Weg nach Hause versuche ich zu denken. Folgerichtig. Es gelingt mir nicht. Oliver hat mich aus dem Tag gerissen. Die Begegnung mit ihm lässt alles um mich seltsam abgehoben erscheinen.
Zu Hause rufe ich Jessica an. Sie wartet auf das Ergebnis meiner Nachforschungen. Ich erzähle ihr irgendetwas, um sie zu beruhigen.
»Wie sah sie aus, diese Ruth?«, fragt sie gleich.
»So wie immer. Nur schlimmer.«
»Was hatte sie diesmal an?«
»Irgend so billige Klamotten, tief ausgeschnitten, na, du weißt ja, wie sie ist. Aber sie wirkte ungefähr so sexy wie ein Joghurt. Ohne Früchte. Und Marco saß total gelangweilt neben ihr. Er pulte in den Ohren.«
»Das tut er immer. Auch bei mir.«
»Dann würde ich ihm das mal abgewöhnen. Jedenfalls brauchst du dir keine Sorgen zu machen. Er steht nicht auf Ruth. Das hab ich rausgekriegt.«
Jessica ist zufrieden und verspricht statt mir zur Nachhilfe zu gehen.
Dann rufe ich meine Großmutter an und sage ihr die halbe Wahrheit. Dass ich jemand getroffen habe,

einen Engländer, der hier auf Kurzurlaub ist, und dass er nur noch morgen Zeit hat.

»Wir unterhalten uns in Englisch, so lern ich gleich was.«

Das wirkt. Großmutter hält viel von Engländern. Sie war einmal in einen verliebt, als sie zwanzig war.

»Da hörst du endlich das richtig vornehme Englisch. Kein Cockney. Kein Schottisch. Und auch nicht diesen australischen Akzent! Ich bin einmal mit so einem Typen im Zug gefahren. Aber Australier gibt's ja kaum in unseren Breiten!«

Mama ruft an, dass sie heute spät kommt. Sie trifft eine Freundin. Sie gehen gemeinsam Abendessen. Zum Glück. Ich will niemanden um mich haben. Nicht einmal meine Schwester, sollte sie vorbeikommen. Niemand hat Eintritt in meine Welt. Ich lege mich angezogen auf mein Bett. Die Arme im Nacken verschränkt. Das Zimmer ist dunkel, der Mond scheint woanders. Ich liege auf einer schwarzen Wiese und reise in das Land Sehnsucht.

Wie entsteht die Liebe? Was ist sie zuerst? Zärtlich, heftig, beschützend, überwältigend? Was passiert mit der Liebe, wenn sie eng und besitzergreifend wird, wie es mir geschehen ist? Wenn man sich ›in der Gewalt haben‹ kann, kann man sich auch ›in der Liebe haben‹?

Plötzlich springe ich vom Bett. Meine Schwester kennt sich aus. Sie ist mit ihrem Freund mit Rucksack, wenig Geld und vielen Träumen bis nach Indien gereist. Sie

haben die große Liebe eingepackt und sich auf den Weg gemacht. Als Liora nach zwei Monaten allein zurückkehrte, sagte sie: ›Die Liebe ist ein blauer Vogel. Wenn du ihn gefangen hältst, verlernt er das Fliegen.‹ Sie zog sich eine Weile zurück und trauerte. Als sie wieder auftauchte, hatte sie eine neue Liebe. »Dieser Vogel ist bunt«, sagte sie. »Er fliegt leichter als der andere. Er stürzt nicht so leicht ab.«
Irgendwann stürzte er dann doch ab, aber Liora glaubte weiter an die Liebe.

»Liora?«
»Ja. Ist was? Du klingst so aufgeregt!«
»Wie merkt man, ob man liebt?«
»Liebst du jemanden?«
»Ja!«
»Dann weißt du's!«
»Wie hast du es immer gemerkt?«
»Erst machte es ›klick, klick, klick, klickediklick‹ –, dann plötzlich nur mehr ›blaff, blaff‹. Ich habe oft geliebt, aber entweder dieses Gefühl war ungleich verteilt oder es war nicht die richtige Liebe. Das weißt du erst danach.«
»Gibt es denn eine falsche und eine richtige Liebe?«
»Wahrscheinlich nicht. Stimmt. Aber es gibt eine kleine und eine große Liebe, schätze ich.«
»Genau das meine ich! Ich hab das Gefühl, es gibt nichts Größeres als das, was ich gerade erlebe. Aber frag mich nichts. Bitte, Liora. Ich kann es nicht erklä-

ren. Es ist jemand ... jemand Außerirdisches. Nein, ich meine ... es ist jemand ganz Besonderes!«
»Du machst mich neugierig.«
»Ich sag aber nichts. Es ist meins!«
»Ich nehme es dir nicht weg. Aber du fragst mich ungewöhnliche Fragen. Noch dazu um elf Uhr nachts. Ich dachte schon, es ist was passiert!«
»Ist es ja auch. Verstehst du nicht, Liora? Es ist nicht normal. Ich hab jemanden getroffen, den ich nicht kenne, und trotzdem kenn ich ihn. Eine Ewigkeit. Es steht in seinen Augen geschrieben. Und ich glaube, er fühlt genau wie ich.«
»So was gibt es«, sagt Liora.
Fast bin ich enttäuscht. Sie könnte ruhig überraschter sein.
»Ich habe von einer Frau gehört, einer Weißen, die fuhr mit ihrem Freund nach Afrika«, erzählt Liora. »Auf dem Schiff entdeckte sie plötzlich einen ungewöhnlich schönen Schwarzen. Ihre Augen begegneten einander, sie ließ alles stehen und liegen und folgte dem Fremden in sein Land. Kein Wasser, kein Licht, nur Sand, ein paar Hütten. Sie heirateten sogar. Die Frau ist bekannt geworden als die ›weiße Massai‹. Sie bauten sich im Busch eine Rundhütte aus Zweigen und Kuhfladen. Die beiden haben die große, einmalige Im-Augenblick-Liebe erlebt. Eine Bestimmung!«
Das ist wieder ganz meine Schwester! Ich denke an Olivers Satz: »Komm mit mir nach Australien«, der in dieser Sekunde eine neue Dimension erfährt.

»Du weißt immer wunderbare Geschichten, Liora.«
»Und sie sind wahr. Sie sind das Leben. Jenseits der Ängste gibt's noch was, Sarah. Eine ganze Menge Wunder und Glück.«
»Ich glaube, es ist die große Liebe, Liora.«
»Für den Augenblick jedenfalls!« Lioras Stimme klingt wieder kühl.
»Du glaubst nicht daran?«
»Du musst dran glauben. Nicht ich, Sarah.«
»Seit wann bist du so nüchtern?«
»Weil es um dich geht. Und weil ich dich liebe. Ich werde auf meine Art mit allem Möglichen fertig. Auch mit Männern. Aber dir darf keiner wehtun. Ich möchte nicht, dass du enttäuscht wirst.«
»Werde ich nicht!«
»Dann genieß es, Sarah! Genieß das, was jetzt ist.« Sie zeigt wieder Begeisterung.
»Liora?«
»Ja? Ist da noch was?«
»Er fährt übermorgen schon wieder weg! Was soll ich bloß machen!?«
»Also doch eine Enttäuschung! Wann kommt er wieder?«
»In einem Jahr!«
»Kannst du zwischendurch zu ihm fahren?«
»Nein.«
»Alles, was nicht Afrika, Amerika, Indien, Asien oder Australien ist, lässt sich machen!«
»Es *ist* Australien!«

Am anderen Ende der Leitung ist es still.

»Das ist weit«, sagt Liora endlich. Sie sagt es leise. Sie nimmt mich ernst. Sie nimmt die Liebe ernst.

»Vielleicht geschieht etwas Unvorhergesehenes«, sagt sie. »Er bricht sich ein Bein oder sonst was, muss ins Krankenhaus und du kannst ihn täglich besuchen.«

»Er muss sich doch nicht gleich was brechen! Er soll ganz bleiben!«

»Klar. Das war eben Schwachsinn. Aber ... manchmal ... man weiß nie, was geschieht ... von einer Sekunde auf die andere können sich die Dinge wenden. Sieh es vielleicht so: Liebe, die um den Abschied weiß, ist noch intensiver ...«

»Ich kann auf den Abschied verzichten.«

»Aber es ist nun mal so. Ich schick dir ein paar Glücksgedanken, bevor ich heute schlafen gehe. Du weißt: Wenn du an sie glaubst, wirken sie. Genau wie die Blätter des Spitzwegerichs, die dich gesund gemacht haben, als du klein warst und Husten hattest.«

»Der Spitzwegerich hat scheußlich geschmeckt!«

»Meine Gedanken schmecken nach Schokolade.«

»Danke, Liora. Aber ... könnte ich morgen ... könnte ich ... also ... bist du morgen Abend zu Hause?«

»Willst du zu mir kommen und mit mir reden?«

Ich schweige.

»Ach so. Du meinst, du willst mit Mr Besonders zu mir kommen und ich soll euch die Wohnung überlassen. Sarah ... hör mal zu. Erstens geht es erst übermorgen. Das könnte ich machen. Nur ... auf was lässt du dich da ein? Ich meine ...«

»Meine lieber gar nichts. Bitte, Liora! Wir wollen nichts anderes als einen Ort, an dem wir alleine sein können. Wir haben doch so wenig Zeit für uns!«

»Sarah, was ist das für ein Junge?« Ihr Tonfall hat sich geändert.

»Ich liebe ihn, Liora. Und er liebt mich. Ich weiß es. Nur du bist fähig, so was zu begreifen. Du lebst doch immer deine Träume, so verrückt sie auch sein mögen?«

»Und ich falle damit verdammt oft auf die Nase!«

»Aber während du geträumt hast, warst du glücklich!«

»War ich das?«

»Das hast du mir immer erzählt.«

»Dann wird es wohl so gewesen sein. Ich lüge meine kleine Schwester nicht an. Und deswegen sage ich dir jetzt auch, dass ich mir Sorgen mache. Du weißt noch so wenig ...«

»Ich weiß genug, um zu wissen, was ich will, Liora!«

Ich habe sie überzeugt. Sie sagt, sie würde uns für ein paar Stunden ihre Wohnung überlassen. Mit dem Versprechen, dass ich auf mich aufpasse, meine Grenzen selbst bestimme, mich zu nichts hinreißen lasse, was ich nicht wirklich will.

»Es gibt verdammt schlaue Jungs, die genau wissen, welche Knöpfe sie drücken müssen, damit sie kriegen, was sie wollen!«, sagt Liora und es klingt wenig romantisch. Es zeigt, wie besorgt sie um mich ist.

Diese Nacht kommt die Angst wieder. Die Angst vor dem Ungewissen, vor dem, was passieren könnte. Mitten im Frieden, mitten im Nicht-daran-Denken, mitten am Tag und mitten in der Nacht. Wie ein Überfall. Sie kommt ganz plötzlich und verändert alles von einer Sekunde auf die andere. Dicht hintereinander tauchen sie auf: Einbrecher, Krankheiten, Erdbeben, Feuer und Terror. Überall geschieht etwas Unvorhergesehenes.
Der Hund, der mich anfällt, weil er meine Angst riecht.
Der Typ, der mich angreift, weil ihm was nicht passt.
Die Biene, die mich sticht, weil sie aggressiv ist.
Der Jemand, der mich verlässt, obwohl ich ihn lieb habe.
Papa.
Und Oliver?
Vielleicht ist er morgen nicht mehr da, kommt nicht zum ausgemachten Treffpunkt?
Die Nacht trägt mich in wirre Träume, die mich in fremde Leben mitnehmen, zu fremden Menschen entführen. Sie haben bemalte, dunkle Gesichter und mitten unter ihnen tritt Oliver hervor und richtet einen Speer auf mich.
»Nein!«, schreie ich, doch Oliver wirft den Speer, trifft mich. Ich schreie, schreie so laut vor Schmerz und Entsetzen, dass ich von meinem Schrei aufwache. Schweißnass, tief atmend.
Am liebsten würde ich hinausrennen, mitten durch die Nacht laufen, Oliver suchen. Ihn sehen, spüren. Er soll mir die Angst nehmen, mich beschützen, mir den

schrecklichen Traum erklären. Was hatte er mit ihm zu tun?
Plötzlich steht Mama im Zimmer. Sie dreht das Licht auf und ich fahre sie an: »Mach sofort das Licht aus! Was kommst du hier einfach rein!?«
»Du hast geschrien, Sarah. Was ist denn los?« Sie setzt sich auf mein Bett, fasst mir an die kalte, feuchte Stirn. »Bist du krank? Du bist ganz verschwitzt!«
»Ich hab bloß schlecht geträumt, ich bin gesund.«
»Was hast du denn geträumt? Hast du dir vor dem Schlafen wieder einen Horrorfilm angesehen?«
Keine Ahnung haben die Erwachsenen! Als gäbe es nichts anderes da draußen in der wirklichen Welt als Horrorfilme.
»Hast du was Schlimmes erlebt?«, bohrt Mama weiter.
»Nein. Was sehr Schönes.«
»Und da schreist du?«
»Lass mich bitte schlafen.«
Mama versucht mich zu umarmen, doch ich entziehe mich ihr.
»Darf ich wissen, was das Schöne ist, das du erlebt hast?«
»Nein!«, sage ich eine Spur zu schroff.
Sie schließt leise die Tür und es tut mir Leid, nicht anders reagiert, sie zurückgestoßen zu haben. Verdammt, es tut mir Leid. Aber ich kann mich nicht um sie kümmern. Jede noch so knappe Antwort von mir würde eine neue Frage hervorrufen.
Ich will meine Welt für mich.

Am nächsten Tag bin ich unfähig mich im Unterricht zu konzentrieren. Als würde der Lehrer eine fremde Sprache sprechen. Ich habe vergessen, dass wir diese Physik-Schularbeit schreiben, als hätte Oliver alles in meinem Kopf ausradiert, was nicht mit uns zu tun hat. In der Klasse höre ich dem Gleiten von 27 Kugelschreibern über Papier zu und es ist mir egal, dass ich kaum eine Frage beantworten kann.

Als ich Oliver nach der Schule vor dem aus Glas und Beton errichteten Ausstellungsgebäude für moderne Kunst treffen soll, habe ich das Gefühl, umkehren zu müssen. Der Traum von heute Nacht fällt mir wieder ein. Doch wie ein Magnet werden meine Beine zu unserem vereinbarten Ort gezogen. Das Herzklopfen und die Ungewissheit machen mich verrückt. Ich zittere, bin mir selbst ausgeliefert. Noch eine Straßenecke, wenn ich ihn dann nicht vor dem Seiteneingang des Palace of Art entdecke, bricht die Welt in Stücke. Nein. Ich lass mir Zeit. Ich will nicht als Erste da sein, nicht warten müssen. Ich drehe noch eine Runde, sehe mir Auslagen an ohne etwas wahrzunehmen.
Dann gehe ich hin. Unendlich langsam mit zittrigen Beinen, das Herz wie nach einem Marathonlauf. Er ist da. Größer als gestern kommt er mir vor. Ein ungewöhnlicher Junge. Heute ein kleiner Rucksack. Immer noch die Feder. Die Boots. Er dreht sich gerade zur anderen Seite, hält nach mir Ausschau. Er hat dasselbe an wie gestern. Nein. Das T-Shirt unter der Jacke

hat eine andere Farbe. Er wirkt immer noch wie einer, der aus der Wildnis kommt.
Mein »australischer Massai«.
Noch etwa zehn Schritte, dann wird er mich entdecken. Mir wird flau im Magen. Plötzlich verschwimmen die Umrisse seines Körpers, ich sehe, wie Oliver den Arm hebt und auf mich zielt. Er wirft mir die große graue Feder mit einem kräftigen Schwung entgegen. Knapp vor meinen Füßen sinkt sie zu Boden.
»Du brauchst nicht so zu erschrecken, Sarah, es ist nur eine Pelikanfeder. Nicht der ganze Pelikan!«
Als ich vor ihm stehe, zieht er mich lachend an sich und küsst mich auf den Mund.
»Schön, dass du da bist. Und vor allem nicht allein!«
»Wieso? Wer ist noch da?«
»Ich!«
Erleichtert lache ich und Oliver küsst mich wieder.
Ein Kuss, von dem ich mehr möchte, als würde ich ertrinken, sobald Olivers Lippen sich entfernen.
»Great that you came!« Oliver hält mein Gesicht in seinen Händen, studiert es, als sähe er mich nach langer Zeit wieder.
»Was hast du gedacht? Ich würde nicht kommen?«
Für einen Augenblick bin ich enttäuscht.
»Der Tag gestern war so unwirklich, dass ich gefürchtet habe, es wäre nur ein Traum gewesen. Just a beautiful dream.«
Bei dem Wort Traum zucke ich zusammen.
»Kannst du speerwerfen?«, frage ich.

»Weil ich vorhin die Feder nach dir geworfen habe?«
Ich antworte nicht.
»Durch Zufall kann ich es ganz gut! Bei meinem Vater arbeitet ein Aborigine, Oromotu. Er hilft ihm mit der Schaffarm. Das kommt selten genug bei uns vor, dass Weiße ein so gutes Verhältnis zu den Ureinwohnern haben. Die meisten werden auf Abstand gehalten und schlecht behandelt. Aber mein Vater ist ein anderer Typ. Der schert sich nicht um die Meinung der Mehrheit. Der geht seine eigenen Wege. Und seine führen ihn manchmal, dank Oromotu, mitten in die Reservate der Aborigines. Er versteht es, sie zu respektieren, und wird von ihnen aufgenommen. Ich bin schon als Kind mitgewandert in den Busch, dort, wo keine Touristen hinkommen.«
»Du bist so anders aufgewachsen als ich! Ich leb in einem riesigen Wohnblock, in der Mitte ein kleiner Hof, ein mickriger Baum, der versucht den Himmel zu sehen. Das ist *mein* ›Reservat‹! Von großer Freiheit keine Spur.«
»Ich hatte viel davon, stimmt. Habe ich noch immer. Aber auch jede Menge Möglichkeiten, mich von einer Giftschlange oder einem Skorpion da draußen beißen zu lassen. Der Freund meines Vaters hat mich viel in der Wildnis gelehrt. Spuren lesen, leise Geräusche wahrzunehmen, Feuer zu machen und unter anderem auch das Speerwerfen. Aber wie kommst du ausgerechnet auf den Speer?«
»Nur so«, sage ich.

»Nichts ist nur so. Alles hat seine Bedeutung.«
»Ich kenne sie nicht«, sage ich wahrheitsgemäß.
»Was hältst du davon, wenn wir uns die Ausstellung nur kurz ansehen, gerade dass ich mir einige Namen merken kann als Alibi für meine Eltern? Then let's go somewhere else. Okay? Where we can talk and be alone.«
»Ja«, sage ich. »Genau das will ich auch.«
Wir nehmen uns schweigend an der Hand, in der Gewissheit, dass alles, was ab jetzt geschieht, seinen Weg nehmen wird, ohne dass wir viel dazu tun müssen.

Als wir uns in Richtung Eingang bewegen, kommen wir an einer Gruppe Jugendlicher vorbei, drei Jungen, zwei Mädchen, die nahe der Glasfassade auf dem Boden hocken, im Halbkreis, zwei angefangene Bierflaschen in ihrer Mitte, etliche Cola-Dosen daneben. Über den ausgestreckten Beinen eines grellblond Gefärbten liegt ein schöner Hund mit hellbraunem Fell. Ein rothaariges Mädchen raucht einen Joint, lässt ihn rumgehen. Als wir an ihnen vorbeiwollen, spricht uns einer der Typen an: »Heh du, der mit der Feder. Hast du'n Bier für uns?«
»Siehst du eins?«, fragt Oliver.
»Nein. Aber wetten, du kannst eins beschaffen? Oder du vielleicht?« Das Mädchen zeigt auf mich.
»Wir haben keine Zeit, eins zu kaufen«, sage ich.
»Komm, Oliver!« Ich ziehe ihn weiter.
»Keine Zeit!«, äfft uns einer der Typen mit breitem

Brustkorb und bis zum Handgelenk tätowierten Armen nach. »Wir haben jede Menge davon, aber wir würden nie mit euch tauschen, kapiert?« Er trägt eine Sonnenbrille, obwohl es gleich zu regnen beginnt.

Oliver dreht sich noch einmal um, geht zurück. Ich bleibe in einiger Entfernung stehen. Er geht in die Hocke, redet leise zu der Gruppe. Plötzlich verändert sich deren Gesichtsausdruck, sie lachen, der Tätowierte schlägt Oliver auf die Schulter. »Ist schon okay, Mann!«

»Auch wir leben jede Sekunde voll aus!«, ruft die Rothaarige mir plötzlich zu. »Glut ist nichts. Feuer ist alles! Stimmt's?!«, fügt sie hinzu.

Ich nicke, habe keine Ahnung, was Oliver zu ihnen gesagt haben mag. Er ist dabei, aufzustehen, als das zweite Mädchen, mit Rastalocken und einem schwarzen Amulett um den Hals, laut zu mir rüberruft: »Ich leb für den Augenblick, ist mir scheißegal, ob's mir schlecht oder gut geht. Hauptsache, ich fühl was!«

»Zum Beispiel mich!«, sagt einer, der mit dem Kopf an ihrem Bauch lehnt. »Ich leb wie Gott in Frankreich. Irgendein Wichser von einem König, dem's anscheinend tierisch gut ging, hat das mal gesagt. Ich weiß zwar nicht, wer Gott in Frankreich ist, aber der Typ gefällt mir!« Er lallt, hält die leere Bierflasche hoch.

»Euch geht's nicht besser als uns!«, sagt der Blonde. »Wir haben Angst vor den Bullen, dafür scheißt ihr euch in die Hose vor euren Lehrern! Und später mal vor eurem Boss!«

Die vier grölen vor sich hin und ich frage mich, weshalb sie uns beweisen wollen, dass das Leben so toll ist, und sich selbst belügen. Oliver holt eine Packung Zigaretten aus seinem Rucksack, zieht vier Stück hervor, legt sie ihnen auf die Decke.
»Thank you, Sir. Bist du Australier?«, sagt der Tätowierte.
»Wie kommst du drauf?«
»Es steht ganz unten auf deinem Rucksack. Kleine Aufschrift. Wir sehen alles! ›Fly to Australia!‹ Weißt du nicht, was du am Hintern stehen hast? Außerdem siehst du aus wie der Typ in dem Film, Crocodile Dandee, nur vierzig Jahre jünger und doppelt so groß!«
»Thanks«, sagt Oliver. »Not bad! Good luck then!«

»Was hast du am Anfang zu denen gesagt?«, frage ich, als wir durch den Haupteingang gehen.
»It's a secret!« Oliver lächelt und sieht mich dabei eigenartig an. »Never tell a secret or you get green spots on the nose!«
»Auf grüne Punkte kann ich verzichten!«
Vor dem Eingang zu den Kunsthallen lesen wir quer über die Wand geschrieben:
*Unser Weltbild kann nur dann der Wirklichkeit entsprechen, wenn auch das Unwahrscheinliche darin Platz hat.*
Oliver und ich ... wir haben uns den Platz schon erobert.
Die Ausstellung heißt »Wirklichkeiten« und zeigt lauter unwirkliche Objekte und Bilder. Ich finde die meis-

ten scheußlich. »Und was soll das bitte darstellen?«, frage ich Oliver und deute auf einen mannshohen Aufbau aus alten Schachteln.

»I don't know. It's just ugly. Aber wenn du nicht weißt, was es ist, ist es ein Kunstwerk!«

Wir lachen und ich entdecke in einer schwarz gestrichenen Ecke einen weißen Pudel, schlafend. Ich nähere mich, um ihn zu streicheln, als ich noch rechtzeitig bemerke, dass er ausgestopft ist. »Forgotten«, steht auf einer kleinen Tafel an seinem Hintern.

»Lauter Schwachsinn!« Ich nehme Oliver an der Hand und wir beschließen höchsten zwei Räume der riesigen Halle zu besuchen.

Bevor wir den nächsten Raum betreten, lese ich in einem Besucherbuch, was die Leute so reinschreiben.

»Boys are out, girlpower, yeah!« und »Don't walk on grass, smoke it!«

Weiter hinten steht: »Das nächste Mal stell ich den Nachttopf meiner Großmutter aus! Vielleicht zahlen die Leute mir dann Eintritt.«

Aus Neugierde betreten wir einen dunklen, leeren Raum.

»What the hell should we see here!?« Olivers Satz hallt von den Wänden als vielfaches Echo zurück.

»Not see! Hear!«, sage ich.

Wir befinden uns in einem »Echoraum« und es macht Spaß. Wir werfen uns Sätze durch die schwarze Luft zu und der schönste klingt öfter nach als die anderen: »I love you, Sarah, I love you, Sarah, I love you, Sarah ...«

Als Olivers Stimme verebbt, höre ich sie noch immer. Er drückt mich sanft gegen eine der kahlen Wände, küsst mich, und zum ersten Mal spüre ich seinen Körper dicht an meinem. Wir haben die Jacken geöffnet, es ist zum In-den-Himmel-Springen schön.

Bevor wir hinaus in den Tag kommen, müssen wir eine halbdunkle Halle durchqueren, aus der traurige Musik klingt. Eine dumpfe, leiernde Männerstimme singt einen Text dazu, den ich nicht verstehe. Er ist russisch.
In dem düsteren Raum ist es bis auf die Musik beklemmend still. Einige Besucher gehen schweigend zwischen in Kopfhöhe von einer Wand zur anderen gespannten Schnüren. Sie sehen wie Wäscheleinen aus. An ihnen hängen alte Fahrscheine, eine zerrissene Postkarte, ein leer gegessener Joghurtbecher, eine zerbrochene CD, ein Schnuller, ein aufgeschlagenes Buch, eine Supermarktrechnung, Fotos einer Frau um die fünfzig und an einer anderen Schnur das Foto eines Mannes, vielleicht dreißig. »Mutter und Sohn«, lesen wir an den Wänden. »Eine Alltagsgeschichte.«
Was würde ich hinhängen aus Mamas und meinem Leben? Was würde meine Mutter aufreihen?
Plötzlich bin ich traurig. So traurig wie die schwermütige Musik.
Der Sohn war nicht glücklich.
Die Mutter auch nicht.

Die armseligen Beweise ihres täglichen Lebens sind wortlose Trauer: Leben nicht gelungen.
Und meins?
»You look sad«, sagt Oliver, als wir wieder auf der Straße stehen. Er streicht mir liebevoll über den Kopf, über die Wange. »What is it?«
»Nothing«, sage ich.
»Nothing can be a lot!«
»It is a lot!« Ich vergrabe mein Gesicht an seinem blauen T-Shirt, seine Arme umschützen mich. Schnell zeichnen sich auf dem hellen Stoff schwarze Wimperntuschespuren ab.
»Ich hab dein T-Shirt schmutzig gemacht!«
»Ich werde es nicht waschen. Es sind die Spuren deiner Seele. Wenn du weinst, lässt du den Schmerz los und du fühlst dich für einige Zeit leicht wie eine Feder.«
»Wieso trägst du eigentlich diese Feder immer mit dir? Was bedeutet sie?«
Oliver hält noch immer meinen Kopf an seiner Brust. Plötzlich drückt er ihn fester an sich, als sollte ich etwas nicht sehen. Ich höre sein Herz an meinem Ohr. Es schlägt laut und unangenehm. Ich entferne mich von seinem Körper, blicke ihn fragend an. Es ist etwas geschehen mit ihm, genau in diesem Augenblick. Als er endlich spricht, klingt seine Stimme verändert.
»Die Feder? Was sie bedeutet?«, wiederholt er, als hätte er mich erst jetzt gehört. »Ich habe sie einmal geschenkt bekommen. Sie sollte mir Glück bringen. – Gehen wir ein Stück weiter?«

»Ja«, sage ich und sehe wieder den Speer von heute Nacht, der auf mich zufliegt.
Vielleicht ist unsere Liebe in einen Irrtum geraten, wie man in einen Sturm gerät?
Etwas stimmt nicht mehr.
Erst gehen wir nur ziellos durch die Stadt, mitten durch die fremden Geschichten der Menschen, an Fenstern vorbei, hinter denen sich wieder andere Geschichten verbergen. Wir fügen unsere eigene hinzu.
Oliver zeigt auf Plakatwände links und rechts der Straße: »Hier steht all over: I love you.«
»Wo denn? Seh ich nicht!«
»Kannst du nicht mit dem Herzen lesen? Ich habe es für dich hingeschrieben, sogar unter die Babywindel dort!«
Wir lachen.
»Wenn du lachst, ist das wie noch ein Ferientag!«
»Ich habe heute schon dreimal gelacht!«
»Dann sind es drei Ferientage!«
»Ich wünschte, es wäre so«, sage ich und ziehe Oliver an mich.
»I can't believe I'll have to go back so soon ...« Oliver sieht mir tief in die Augen, saugt mich ein. Die Häuser nehmen uns in ihre Mitte. Nichts ist mehr fremd, alles fängt uns auf und trägt uns zueinander.
»Ich wünsche mir, dass du hier bleibst.«
»Let's not think about it now! Denken wir wie die Typen vor dem Palace of Art. Lass uns das, was jetzt ist, leben! Wir sind ihnen nicht umsonst begegnet ...«

Die Regenwolken haben sich verzogen und wir beschließen zum Fluss zu fahren, auch wenn es kühl ist. Entlang dem Wasser wachsen kleine Wälder. Sie breiten sich in alle Richtungen aus, ohne Wege und Schilder. Ich habe mich dort schon einmal verirrt, gemeinsam mit einer Freundin, die behauptete zurückzufinden.
Aber Oliver kennt sich aus, er weiß, wo die Flechten wachsen und die Sterne am Himmel stehen. Sie blinken ihm zu, wo Norden, Süden, Westen und Osten ist. Um diese Tageszeit kehren die wenigen Spaziergänger bereits zurück, aber ich habe Mama vorgewarnt, dass es heute später wird.
»Du kannst kommen, wann du willst, aber du bist um zehn zu Hause!«
Das ist typisch für sie. Meine Freiheit bezieht sich immer nur auf die erste Hälfte eines Satzes.

Es wird schon früh dunkel und der Wald wirkt schnell unheimlich.
»Vielleicht sollten wir doch nicht zu weit reingehen?«, sage ich.
»Don't you trust me? Hast du kein Vertrauen zu mir?«
»Doch!« Es klingt nicht ganz echt und wir gehen auf einer Lüge spazieren. Je länger wir durch den dichten Wald stapfen, desto leichter schiebe ich die Zweifel weg. Die Liebe fragt nicht viel. Oliver nimmt mich fester an der Hand und bald umgeben uns nur mehr hohe, dunkle Baumstämme. Wir steigen über Wurzeln, Waldboden, Tannenzapfen und abgebrochene Äste. Oli-

ver legt einen Arm um meine Schultern und wir sind ein Paar. Wir gehen im Gleichschritt, schweigend, erst schnell, bis uns warm wird, dann langsamer. Es ist, als würde auch Oliver von allem, was uns beunruhigt und festhält, fortgehen, hinein in unser ganz eigenes Abenteuer.

Plötzlich beginnt Oliver zu erzählen, von den duftenden Frangipani- und den bunten Jakarandabäumen mit ihrem tiefroten Blütenschleier, den Papierrinden- und den Mangrovenwäldern. Fremde Namen von einem fremden Jungen aus einem fernen Kontinent, der zu mir gekommen ist um mir von der Liebe zu erzählen.

»Stell dir vor, Sarah, bei uns kann man auf einer Leiter, die 153 Sprossen hat, auf den Gloucester Tree klettern. Das ist der größte Baum der Welt, der je für Feuerüberwachung genutzt wurde. Du brauchst verdammt viel Mut, um dich da hoch zu trauen!«

»Ich kenne nur Leitern, auf denen man auf Apfelbäume klettert. Wieso Feuerüberwachung?«

»Weil es in manchen Gebieten schwer war, Feuerwachtürme zu errichten, die höher als die Karris waren. Die Karris sind die größten Eukalyptusbäume und an die 80 Meter hoch!«

»Auf so hohe Bäume wie deinen komischen Gloucester klettern höchstens Affen! Wetten, du hast es versucht?«

»Hab ich. Mit ganz schön viel Angst. Aber Touristen tun's! Du kannst es ausprobieren, wenn du rüberkommst.«

Wenn du rüberkommst ... Als bräuchte ich bloß über die Straße zu laufen und bei ihm anzuläuten.
»Ich würd es nicht machen«, sage ich.
»Ist auch nichts für Mädchen! Zum Glück bist du eines. Und was für eines!« Oliver küsst mir die Frage weg, die ich auf den Lippen hatte, und ich überlasse mich dem wunderbaren Gefühl.
Ob meine Eltern auch einmal so glücklich durch einen Wald spaziert sind? Wohin geht die Liebe, wenn sie die Menschen verlässt? Fliegt sie zum nächsten, weil er gerade auf »Empfang« gepolt ist, oder setzt sie sich ins Gras und wartet, wer sich zu ihr setzt?
Was macht diese Hand, die meine hält, so aufregend und zugleich vertraut, dass ich durch jeden Finger die Liebe spüre? Ich könnte die Liebe in den Wald hineinschreien, dass die Blätter von den Bäumen wirbeln, das Glück in den Himmel lachen, weil mein Körper fast zerspringt von dem vollen Gefühl.
»Ich liebe dich, Oliver!«
»Weißt du auch, was du da eben gesagt hast? Kannst du mich lieben, Sarah, ohne zu wissen, wer ich bin und was ich tue? Vielleicht bohre ich in der Nase oder töte kleine Kaninchen, wenn du nicht hinsiehst. Weißt du, was ›Ich liebe dich‹ bedeutet?«
»Ja. Es bedeutet nicht zu denken und keine Fragen zu stellen. Dich auch zu lieben, wenn du in der Nase bohrst oder heimlich Kaninchen tötest.«
Oliver will den Zeigefinger in die Nase stecken und ich schlag ihm auf die Hand.

»Das nennst du Liebe?« Oliver lacht.
»Und du? Was ist Liebe für dich?«
»Ein Name. Er heißt Sarah. Er bedeutet: Es ist schön zu leben und ich habe Sehnsucht nach dir!«
Wir bleiben stehen und wenden uns einander zu. In Olivers Augen spiegelt sich alles, was ich mir wünsche. Eine heiße Welle schwappt durch meinen Körper, Olivers Arme ziehen mich ganz an sich heran, dicht, noch dichter.
Nach einer Atempause gehen wir schweigend weiter. Ich bemühe mich mit ihm Schritt zu halten, werde langsam müde. Schließlich lasse ich mich auf einen Baumstumpf fallen, doch Oliver zieht mich hoch, lässt sich statt mir auf dem feuchtkühlen Holz nieder. Ich soll auf seinem Schoß sitzen.
Ich spüre seine Schenkel unter meinem Hintern und die heiße Welle ist wieder da.
Ich schlinge die Arme um ihn, er legt seinen Kopf an meine Brust, ein erregend warmes Gefühl. Wir sind eins ohne miteinander zu schlafen. Die Luft hat ihre eigene Sprache, Blattworte fallen über unser Haar, unser Gesicht. Unser Atem, unsere Körper berühren einander.
»Hast du eine Freundin?«, frage ich plötzlich. Die Frage ist aus mir herausgefallen. Ich habe nicht bemerkt, wie sie sich angeschlichen und einen Weg gebahnt hat.
Oliver schweigt.
Das Schweigen hat einen scharfen Laut. Die Bäume rücken ganz eng aneinander, sie fallen über mich her.

Mein Herz rast. Die Zeit vertickt und Oliver antwortet nicht.
»Nein«, sagt Oliver endlich.
»Warum musstest du so lange nachdenken?«
»Ich war ganz hier bei dir. Ich habe erst einige Zeit gebraucht, um wieder hinaus in die Welt von Australien zu gehen.«
Ich ziehe Oliver enger an mich. Er vergräbt seinen Kopf weiter an meinen Brüsten. Ich zittere vor Angst, einer Angst, die ich nicht benennen kann.
»Sag es noch mal«, bitte ich ihn.
»What?«
»Gar nichts.«
»I love you, Sarah!«
Olivers Satz kann mich nicht wirklich beruhigen. Trotzdem küsse ich ihn, wie ich noch nie einen Jungen geküsst habe. Es geht ganz von alleine. Meine Lippen, meine Zunge spüren ihren Weg in seinem Mund. Ich möchte ihn mit dem Kuss für immer festhalten. Doch tief in mir weine ich. In dieser Sekunde stößt ein Vogel einen Schrei aus, es folgt ein zweiter, noch einer, es klingt unheimlich. Die Vogellaute brechen die Stämme entzwei. Sie krachen und stürzen zu Boden. Schnell verschwindet das Bild und der Wald ist wieder still und dunkel.
Ich halte Oliver fest und er mich, als wäre nichts gewesen.
Unsere Hände beginnen den anderen zu erfahren, eilen immer begehrender über Haut, über Stoff, sein Gesicht

unter meinen Fingern, sein Hals, sein Bauch, seine Schenkel, sein Geschlecht durch die Hose an mich gedrückt. Dort wage ich ihn nicht zu berühren. Wir streicheln uns in einen Wirbel und unser beider Atem wird immer heftiger. Vielleicht ertrinken wir gerade. Wir sind dicht an der Liebe.
Sie berührt uns mit ihren Körperworten.
Sie umschwebt uns mit ihren Seelenworten.
»Hast du einen Freund, Sarah?« Oliver löst sich aus unserer Umarmung, sieht mich forschend an.
»Ich? Ich hatte einen. Vor einem halben Jahr.«
»Hast du ... wie ... weit war er dein Freund?« Er fragt es ganz leise, als hätte er Angst vor der Antwort.
»Ich hab nicht wirklich mit ihm geschlafen. Das ist es doch, was du wissen willst. Danach hatte ich nur mehr so einen ›Ungefähr-Freund‹.«
»Und was bedeutet das ›nicht wirklich‹ – und was ist ein ›Ungefähr-Freund‹?« Seine Worte klingen hastig. Eindringlich.
»Soll ich jetzt einen Fragebogen ausfüllen? Ich mag nicht drüber reden. Wir haben schon mal rumgemacht und so ...«
»Und so? Ist nicht genau das das Wichtige?«
»Nein. Wichtig ist die Liebe, die dazugehört.«
»Yes. You are right. Es ... ich bin einfach plötzlich total eifersüchtig auf jeden, der dich berührt hat. Und ich wollte wissen ... ob ...«
»Hab ich dir gerade gesagt.«
»Okay, okay. I won't ask anymore. Promise!«

Obwohl der Abend längst hereingebrochen ist, gehen wir immer noch ein Stück weiter hinein in den Wald. Ich frage Oliver nach seiner Familie, seinen Freunden. Nach der Musik, die er gerne hört. Und ich will noch mehr über sein faszinierendes Land wissen.

»Ich habe dir versucht zu schildern, wie riesig die Entfernungen sind. Es gibt sogar eine Schule, in der die Kinder per Radio dem Unterricht folgen, weil es zu weit wäre, hinzufahren. Du findest echt alles an Verrücktem, was du dir vorstellen kannst. Hast du schon mal was von Bridgeclimbing gehört?«

»Nein. Bei uns klettert man nur auf Berge.«

»In Sydney gibt es eine der größten Brücken der Welt, die Harbour-Bridge. Da musst du dich für das Bridgeclimbing anstellen. Du wirst zwei Stunden lang richtig eingeschult. Man zieht dir eine Art Overall an, einen Kopfschutz, du kriegst einen Sicherheitsgürtel umgehängt, über den du mit dem Geländer verbunden bist, und los geht's. Du kletterst in 130 Meter Höhe über das Stahlgerüst, mit einer Aussicht, dass dir schwindlig wird, wenn dir's nicht schon ohnehin ist.«

»Ich hätte Angst. Aber ich stell's mir toll vor! Könnt ihr auch im Kopfstand auf einem Riesenfelsen Riesenhamburger essen?«

Es sollte ein Witz sein, aber Oliver geht nicht drauf ein.

»Nein. Wir essen ganz normal. Aber die Menschen in Australien haben viel Spaß. Sie sind lockerer. Vielleicht hat es tatsächlich damit zu tun, dass so vieles

einfach gigantisch ist. Du bist nicht so eingeengt. Komm mit mir und erlebe es! It's incredible!«
Das war das magische dritte Mal. Er hat es wieder gesagt: Komm mit mir – Dennoch stört mich etwas. Es ist seine Art, wie er mit seiner Heimat angibt, obwohl ja ich es bin, die ihn eine Menge fragt. Jedenfalls klingt es für mich so, als wären wir hier wirklich nur Gartenzwerge. Und ich sein Lieblingsgartenzwerg.

»Mir ist kalt, Oliver!«
»Dann führe ich dich zurück. Findest du den Weg?«
Ich breite die Arme aus, drehe mich im Kreis, suche den Weg. »Keine Ahnung. Ich habe dir zugehört und war in Australien.«
»Gut, dass ich da bin«, sagt Oliver.
»Gut, dass du da bist«, sage ich.
Als Oliver mich küsst, hat der Wald einen seltsamen Duft nach Eukalyptus und Sehnsucht.

Die Stadt schickt uns ihre Lichter entgegen, ihren Lärm, ihre Geschäftigkeit.
Wir brauchen einige Zeit, bis wir uns einfügen.
»Hast du Hunger, willst du eine Pizza essen, Sarah?«
»Ich will alles essen!«
»Dann fang mit mir an!« Oliver streckt mir seinen Hals entgegen und ich beiße sanft hinein.
»Fehlt Pfeffer. Komm, hier in der Nähe gibt's ein ›Subway‹ mit Riesensandwiches. Die sind vielleicht doch besser.«

Das Lokal ist ziemlich voll, einige junge Leute warten bereits auf einen Platz. Gerade stehen zwei Typen auf. Oliver stürzt zu dem Tisch, stolpert über ein Stuhlbein, rutscht auf einer öligen Stelle am Fußboden aus, kann sich gerade noch fangen.

Ich lache. Jemand hinter mir lacht ebenfalls. Außerdem ist der Platz weg. Oliver dreht sich abrupt nach mir um, Zorn in den Augen.

»Never dare to laugh at me again!«, sagt er laut.

Ich sollte nie mehr wagen über ihn zu lachen? Ist er verrückt oder was? Jungen sind manchmal richtig anstrengend. Am besten, ich reagiere nicht. Von einer Sekunde auf die andere ist er wieder normal, lächelt, zieht mich leicht an sich. Wir verlassen das Lokal und gehen in eine kleine Pizzeria. Es riecht nach Gewürzen und heißem Backofen. Es ist warm und Oliver streckt den Arm über den Tisch, nimmt meine Hand, lässt seinen Blick über meine Stirn, meine Augen, meine Nase, meinen Mund, meine Wangen, mein Haar gleiten.

»I love you!«, sagt er.

»Ich dich auch«, sage ich.

»Will you come to Australia?«

»Ich hab Angst vor dem Fliegen!«

»Du musst nicht fliegen, dich nur reinsetzen. Das Flugzeug macht alles alleine. Du landest bei mir und ich hole dich ab.«

»Ich bin schon ein Mal geflogen. Nach London. Ich habe vorher ein Beruhigungsmittel genommen, doch

es muss irgendwie zu stark gewesen sein. Ich bin, noch bevor das Flugzeug hochgestiegen ist, eingenickt. Als ich irgendwann die Augen leicht benebelt geöffnet habe, sah ich bloß Himmel. Nichts als Himmel. Ich dachte, ich bin tot. Ein Engel oder so!«
»Das bist du sowieso für mich! Von irgendwo hergeflogen, direkt vor meine Knie in der U-Bahn.«
»Wann kommst du wieder?«
»In einem Jahr. I think.«
»You *think*? Ich dachte, wenigstens das ist sicher!«
»With my father you never know. I told you. He is a big dreamer. And I am a dreamer too. Der Baum fällt nicht weit vom Apfel!«
»Es heißt: ›Der Apfel fällt nicht weit vom Stamm!‹«
Endlich kann auch ich ihm etwas beibringen.
»Okay. Whatever. In Australien gibt es an die 160 Millionen Schafe, aber mein Vater hat nicht die richtigen gefunden!«
»Bei uns gibt es auch Schafe. Auf zwei Beinen. Zwar keine 160 Millionen, aber genug um einige von ihnen auf die Alm zu treiben. Er würde hier Arbeit finden.«
»Wenn meine Eltern zurückkommen, wird er was ganz Neues beginnen wollen. Also, ich hoffe, ich bin hier in einem Jahr. Dann sehen wir uns wieder. Aber es wird nicht so leicht sein, mich an die Art von Leben hier zu gewöhnen. Zu viele Häuser.«
Ich bin enttäuscht. Was können ihn die Häuser stören, wenn ich da bin?

»Gibt es bei euch solche Lokale wie das ›Subway‹ und Discos und so?«

Oliver lacht: »What do you think? Klar! Meine Familie lebt zwar ziemlich abgeschieden, aber in Melbourne und Sydney und anderen Städten findest du alles. Auch in Perth. Glaubst du, ich reite auf einem Känguru in die Schule, statt der Pausenglocke bläst jemand ein Didgeridoo und für den Weg nach Hause hänge ich mich an einen Koala?«

»Ich bin kein Idiot«, sage ich scharf.

»Ich wollte dich nicht beleidigen, really not, aber ich habe dir wahrscheinlich zu viel von der wilden Landschaft erzählt. Du kannst alles haben, von den ausgeflipptesten Discos bis zum Bodypiercing!«

»Würdest du das tun?«

»What?«

»Dich piercen lassen.«

»Vielleicht. Ich bin tätowiert. Ich zeig's dir später. Es ist an einem ›nicht öffentlichen‹ Körperteil. Die Zeichnung nimmt die schlechte Energie auf und lässt sie nicht hindurch. So bleibt mein übriger Körper frei von ihr. Das habe ich von einem chinesischen Freund.«

»Du kennst seltsame Menschen!«

»Vergiss nicht: Ich kenne *dich*!«

Wir schweigen, sehen uns an und in diesem Augenblick entfaltet die Liebe wieder ihre magische Kraft.

»Wie entsteht die Liebe?«, frage ich Oliver plötzlich.

»Die Liebe? Sie entsteht, wenn du nicht mehr fragst.

Sie ist da. Überall. Du kannst sie nicht bestellen. Sie ist kein Pizzaservice.«

»Und wo ist sie, wenn Menschen unglücklich sind?«

»Dann ist sie trotzdem da. Wir haben heute schon mal drüber gesprochen. Die Menschen haben nur verlernt hinzusehen. Sie schauen in eine andere Richtung und vergessen, dass es rings um sie noch mehr Richtungen gibt.«

»Du bist sehr gescheit, Oliver, weißt du?«

»Ich bin nicht gescheit. Ich denke nur viel nach. Ich bin ja selbst nicht so locker wie die meisten Australier!«

Oliver nimmt meine Hände in seine.

Unser Tisch ist eine Insel und die Liebe mittendrin.

Wir bestellen Pizza. Am Nebentisch kriege ich mit, wie ein Mädchen zum anderen sagt: »Ich möchte mich von ihm trennen. Aber ich wollte gestern nicht mit ihm reden, weil ich ihm nicht wehtun wollte.«

»Gerade dadurch hast du ihm wehgetan. Wenn du immer wartest, morgen, morgen, morgen, dann machst du es nie!«

Ich sehe Oliver zu, wie er mit kräftigen Messerschnitten die Pizza zerreißt.

Wir werden uns wehtun. Wir werden einander verlassen. Wir üben bereits das Schweigen und die Gedanken holen mich ein.

Ich habe Angst.

Angst, wenn Oliver wegfährt.

In dieser Nacht, in meinem Bett, wächst sie, die Angst. Sie hat gelbe, lange Finger und fährt mir über den nackten Körper und mitten ins Gesicht. Sie kratzt an meiner Seele und zum ersten Mal weiß ich, wo sie wohnt. Sie wohnt in meinem Herzen und bohrt eine Wunde. Es tut so weh, dass ich weine. Je mehr ich mich an Olivers Nähe, seine Hände, seine Lippen, unsere Küsse, unser Streicheln erinnere, bevor wir uns in meiner Straße verabschiedet haben, desto dunkler wird das Zimmer rundherum. Ich setze mich verzweifelt auf, suche einen Lichtpunkt, der mich aus der Angst führt. Jede Sekunde verändert sich etwas, jedes Mal wenn ich ein- oder ausatme, nichts lässt sich aufhalten. Morgen Abend ist bald. Schon hält die große Leere Einzug und ich habe Oliver zum letzten Mal umarmt.

Plötzlich kriechen sie aus allen Ecken, hängen von der Zimmerdecke, die kleinen spinnenartigen Wesen, die ich schon in meiner Kindheit gesehen habe, wenn Mama das Licht ausknipste und ich allein in der unheimlich schwarzstillen Welt zurückblieb. Neulich habe ich von einem japanischen Künstler gehört, der Angst vor der Dunkelheit hat. Er verscheucht die Angst, indem er bunte Blumen in das bedrohliche Nachtschwarz seiner Bilder malt. Ich denke mir die Blumen, aber sie verlieren ihre Farben.

Am liebsten würde ich meine Schwester anrufen. Es ist nach Mitternacht. Ich bin von allen abgeschnitten. Oliver.

Komm.
Jetzt.
Halt mich.
Leg dich neben mich und lass uns die Liebe leben.

## Oliver

Irgendwie hatte ich den verrückten Gedanken, sie würde nicht da sein. Ich bin absichtlich später gekommen, um nicht warten zu müssen. Als ich sie nicht vor dem Palace of Art entdecken konnte, kriegte ich schweißnasse Hände. Hätte ich einen Luftballon halten müssen, ich hätte es nicht gekonnt, er wäre mir weggerutscht. Schließlich tauchte sie auf und ich warf ihr die Feder vor lauter Erleichterung und Freude schon aus einiger Entfernung entgegen. Irgendwie hat sie komisch reagiert. Als hätte ich einen Speer nach ihr geworfen oder so. Aber Mädchen sind komisch. Manchmal auch anstrengend. Ich glaube, keiner versteht sie wirklich. Nicht mal John Rosswin aus meiner Klasse, der ständig mit Mädchen geht und rumposaunt, dass er es angeblich schon mit acht Mädchen getrieben hat. Er ist zwei Monate älter als ich. Als würde ich tatsächlich in zwei Monaten sechs Mädchen aufholen können ... Genauso viele müssten es sein, damit ich mit ihm gleichziehe.
Dabei bin ich seit Lela mit vielen gegangen. Ich zeig's ihr, dachte ich. Sie hat mir wehgetan und ich tat anderen weh, wechselte meine Freundinnen, wie es sich eben ergab. Ich spielte mit ihnen, aber es machte kei-

nen Spaß. Es fehlte etwas. Es fehlte das Große. Es fehlte die Liebe. Deshalb habe ich auch nur mit einem einzigen Mädchen »wirklich« geschlafen. Mit Nadja. Das meine ich unter »wirklich«: Da war die Liebe dabei.
War ...
Das erste Mädchen vor ihr, mit dem ich schlief, war drei Jahre älter als ich und es war nichts als Sex. Endlich wissen, wie es geht.
Doch wenn ich an Nadja denke, spüre ich einen gewaltigen Stich in der Brust. Wird sie jemals begreifen, was mir hier geschehen ist?
Manchmal denke ich über Jungs wie John Rosswin nach. Ob sie wirklich mehr Spaß im Leben haben. Vielleicht ist er auch nur ein Angeber. Er hat mich schon im Duschraum nach dem Turnen immer klein gemacht. Seinen Schwanz mit meinem verglichen, als wäre die Größe seine ganz persönliche Leistung. Seine erste Frage nach einem gemeinsamen Abend mit einem Mädchen war bloß die eine: Hat sie dich rangelassen? Wie war's?
Als würde ich ihm das jemals erzählen.
Ich erzähle nichts.
Ich wünschte, Sarah hätte mich nicht gefragt, ob ich eine Freundin habe. Mir hat der Atem gestockt, als Sarah im Wald auf mir saß. Gerade noch hatten wir uns wild umarmt, plötzlich knallt sie mir diese Frage entgegen.
Was sollte ich denn sagen. Sollte ich Ja antworten? Alles kaputtmachen, was auf so wunderbare und uner-

wartete Weise entstanden ist, den Traum zerstören, in dem wir uns gerade befanden?
Wer kann voraussehen, was einem in der U-Bahn zustößt?

Wir gingen also in diese bescheuerte Ausstellung, damit ich nicht als kulturelle Null zurückkomme, aber interessiert hat mich nur der Echoraum. Da konnte ich Sarah endlich richtig an mich drücken. Ich wollte sie so sehr.
Als wir den Palace of Art verließen, war sie irgendwie deprimiert. Ich habe keine Ahnung, weshalb. Es muss etwas mit dem Raum von Mutter und Sohn zu tun gehabt haben.
Sarah ist manchmal ganz plötzlich traurig. Vielleicht hat es ja auch mit ihrem Vater zu tun. Sie scheint sehr an ihm zu hängen. »Weg ist er. Hat ein neues Baby«, hat sie gesagt. »Ich brauche den Halbbruder nicht. Mich hat keiner gefragt, ob ich ihn will. Ich will meinen Vater zurück!«
Mein Vater würde meine Mutter nie verlassen, dazu ist er zu unbeholfen, braucht immer ihren Rat. Er ist ein halber Loser wie ich, ich habe es von ihm geerbt. Doch meine Mutter hält zu ihm, sie ist nicht Lela. Sie liebt ihn wirklich. Und sie wird auch bei ihm bleiben, wenn wir wieder hierher ziehen, weil der Tierpark nicht zu erhalten ist, die Farm zu wenig bringt und mein Vater zur Abwechslung woanders hinmöchte.

Wir gingen also nach dem Palace of Art einfach so durch die Straßen und Sarah hat länger nichts gesagt. Mit ihr kann man wunderbar schweigen. Ist bei einem Mädchen selten. Die meisten quatschen zu viel und sie erwarten immer eine Antwort. Selten sind sie mit der Antwort zufrieden und du fragst dich, was komplizierter ist: die Pythagoras-Formel oder ein Mädchenhirn.

Kurze Zeit davor hatte sie von meinem Abflug geredet und dass ich nicht wegfahren soll. Ich wollte in dem Augenblick nichts davon wissen, ich will sie ebenso wenig verlieren wie sie mich. Wenn ich wegmuss, will ich keinen Abschied. Ich hasse Abschiede. Entweder ich gehe und komme nicht wieder. Oder ich gehe und komme eines Tages zurück. Worte ändern nichts daran.

Manchmal können Worte jedoch eine Menge bewirken. Sarah weiß nicht, was ich den Typen, die vor der Kunsthalle saßen, zuflüsterte, damit sie uns in Ruhe lassen. Ich sagte: »Ich bin nah dran, sie zu kriegen. Da kann ich kein Bier gebrauchen, Mann!«

Ich würde nie so von Sarah reden, aber es ist die Sprache, die sie verstehen. Ich hätte es noch ganz anders sagen können, härter, aber das wollte ich nicht. Die Liebe verändert die Worte.

Wir spazierten also weiter in den Wald, obwohl es dunkel war und Sarah ängstlich wirkte. Aber mir macht die Dunkelheit nichts aus. Ich finde es schön, draußen in

der Natur. Vor allem war Sarah da. Sarah, dieses besondere Mädchen. Aber ihre plötzliche Frage geht mir nicht mehr aus dem Kopf: »Hast du eine Freundin?«
Paff! Mitten ins Glück hinein! Sie hat mich völlig durcheinander gebracht.
Und ich habe sie angelogen. Sie anlügen müssen.
Was hätte ich denn antworten sollen, verdammt?
Ich hatte solche Angst, sie zu verlieren! Ich fühlte mich total mies.
Und was sage ich meiner Freundin in Australien?
Hätte ich hier was mit einer gehabt, so auf die Schnelle – obwohl mir das nicht liegt, aber man weiß ja nie, was Mädchen so alles einsetzen, um ... na ja – also, dann hätte das nichts mit meiner Freundin zu tun gehabt. Nichts mit unseren Gefühlen zueinander. Auch wenn sie's mir nicht glauben würde.
Aber das mit Sarah ist etwas anderes. Die Liebe mit ihr ist so ein großes Gefühl, das nichts reinlässt, was sie behindert. Unsere Liebe braucht Freiheit. Nur so kann sie das sein, was sie ist. Sie ist nicht Glut, sondern Feuer. Genau wie es uns das rothaarige Mädchen zugerufen hat.
Ich weiß echt nicht, wie ich mit der Situation umgehen soll. Sarah ist aufgetaucht wie ein Komet und hat alles andere zum Verblassen gebracht. Und wenn ich zurückkomme, werde ich mich von Nadja trennen. Das wird verdammt schwer sein. Besonders für sie. Zwar ist Nadja nicht so zart wie Sarah und im Umgang ein bisschen wie ein Junge – wir verstehen uns gut

und sie lacht mich nie aus –, aber in letzter Zeit muss ich manchmal höllisch aufpassen, um nicht etwas zu sagen, was ihr nicht passt. Seitdem ihr Bruder krank geworden ist, hat sie sich verändert. Dauernd erwartet sie etwas von mir und dann mach ich das Falsche. Die Feder hat sie mir mitgegeben, damit ich immer an sie denke. Ich sollte sie ständig bei mir haben.
Sie dachte, die Feder würde mir Glück bringen.
Hat sie auch. Nur anders, als Nadja es sich vorgestellt hat.
Liebe ist selbstlos, hat einmal jemand gesagt ... Vielleicht war er schon neunzig oder hundert.
Ich bin erst am Anfang der Liebe.

Nach Sarahs Frage hing im Wald eine eigenartige Stimmung. Die hereinbrechende Dunkelheit überfiel mich wie ein riesiger Sack, schluckte mich. Das Abenteuer unserer Begegnung war gerade vorher noch grenzenlos gewesen. Die ganze Zeit über, als sie so neben mir ging, musste ich sie immer wieder von der Seite ansehen. Sie merkte es nicht. Ich liebe ihre Nase, ihre Wimpern, den Fleck oberhalb ihrer Augenbraue, ihr Kinn, ihren Mund.
Ich liebe alles an ihr.
Sie berührt etwas in mir, das ich nicht ausdrücken kann und doch kenne. Und es macht mit mir, was es will. Auch mit meiner Männlichkeit.
Als Sarah sich auf meinen Schoß setzte und ich ihren Körper immer erregender spürte und berührte, hoffte

ich, sie würde nicht merken, wie ich hart wurde. Aber wir waren so dicht aneinander geraten, dass sie komplett high sein müsste, um es nicht mitzukriegen.
Ich glaube, Sarah ist noch ziemlich unerfahren. Ich konnte auch nicht rauskriegen, ob sie mit ihrem Freund schon »wirklich« was hatte. Wie weit sie gegangen war. Ich war plötzlich wütend über etwas, was mich nichts anging, mächtig eifersüchtig. Und was heißt: »Wir haben rumgemacht und so?«
Das Rummachen kenne ich. Auch die Eifersucht. Sie macht klein und gefangen. Ich will sie nicht.
Wenn ich mit Sarah zusammen bin, werde ich alles richtig machen.
Mit Sarah werde ich kein Loser sein.

Sarah war nach dem langen Spazierweg im Wald müde und hungrig geworden und wir gingen in ein Lokal, in dem eine Menge junger Leute riesige belegte Brote aßen. Wir suchten einen Platz, ich entdeckte einen, stürzte drauf zu, weil noch andere warteten, stolperte, rutschte aus. Der Platz war weg.
Da hörte ich Sarahs Stimme hinter mir, laut, grell, hörte ihr Lachen. Ein zweites spitzes Lachen gleich darauf. Es galt meiner Ungeschicklichkeit. Es lachte mich aus. Es bohrte sich in mich und holte die Wut heraus. Ich hätte Sarah anschreien mögen. Sie wirkte erschrocken, als ich sie derart zornig ansah.
Aber ich musste es ihr sagen. Ich musste. »Wage es nie wieder, über mich zu lachen.« Noch dazu öffentlich!

Alle bekamen es mit. Ich stand da als Verlierer.
Loser! Loser!, schrie es von allen Seiten und schlug an meinen Kopf. Eigenartigerweise fragte sie mich nachher nicht, warum ich so heftig reagiert hatte. Das war gut so. Ich hätte geschwiegen und die Missverständnisse wären wie wild gewachsen.

In der Pizzeria war es hell, heiß und laut. Aber das einzig Wichtige war Sarah. Dass sie da war, mir gegenübersaß. Ich streichelte ihr Gesicht, nahm ihre Hände, wollte sie nicht mehr loslassen.
Plötzlich stellt sie schon wieder eine Frage, so eine ganz große: »Wie entsteht die Liebe?«
Sie überrascht mich, ich habe nicht darüber nachgedacht. Liebe passiert. Sie bricht auf wie ein Samen über Nacht.
»Sie entsteht, wenn du nicht mehr fragst«, habe ich gesagt oder so ähnlich.
Sarah sah mich an. Sie hat diesen ernsten Blick, der wunderschön ist.
Aber noch schöner ist ihr Lächeln.
»Du hast einen Schatz in dir. Weißt du das?«, sagte ich.
»Was ist es?«
»Dein Lächeln.«

Sie wollte nicht, dass ich sie nach Hause begleite. Vielleicht hatte sie keine Lust, dass ich ihrer Mutter begegne, ich weiß es nicht. Jedenfalls sagte ich, ich wolle mit ihr fahren, sie bis vor ihr Haus bringen.

Wir saßen uns in der U-Bahn gegenüber. Es war wie vor zwei Tagen, nur dass jetzt Jahre vergangen waren, eine ewige Zeit, so schien es mir, in der ich mich auf sie zu bewegt hatte und sie mich sofort erkannte. Ich sah sie an, während der Zug dahinratterte, stieß mit Absicht an ihr Knie, sie stieß zurück, wir lachten, die Bahnsteige waren hell und freundlich, die früher graustumpfen Betonwände des U-Bahn-Schachts hatten Farben, wie jene der Höhlenmalereien der Aborigines. Ich sah Sarah, wie sie mit mir nach Australien flog und ich sie in den Armen hielt. Ich erlebte, wie sie in unserem Jeep saß und wir zu unserer Farm fuhren. Wir stiegen aus und Sarah betrat unser Haus, als wäre sie immer schon dort gewesen. Ich zeigte ihr, wo sie schlafen könnte, einen Stock über mir, aber es würde nichts ausmachen, denn sie würde ohnehin die meiste Zeit in meinem Zimmer verbringen.
Da stieß mich Sarah noch einmal an und sagte: »Heh, wir müssen aussteigen!«
Wir verließen die U-Bahn und ich stieg aus meinem Traum.

Jetzt liege ich wach in meinem Bett und wage nicht zu denken, was morgen sein wird. Wir werden wenig Zeit füreinander haben, weil meine Eltern eine Menge erledigen wollen vor dem Abflug und sie bestehen aus unerklärlichen Gründen darauf, dass ich dabei bin.
Ich habe keine Lust, mir jetzt die Alltäglichwelt vorzustellen. Ich denke lieber weiter an Sarah, die mir be-

gegnet ist, damit ich die Liebe kennen lerne. Die unglaubliche Liebe. Die Liebe, die nichts will als zu sein und erlebt zu werden.

Nicht wie mit Lela, die etwas von mir verlangt hat, was ich nicht erfüllen konnte.

Nicht wie mit Nadja, die mich nur liebt, wenn ich das tue und sage, was sie gerade will.

Nicht wie mit all den anderen Mädchen, die wie Schmetterlinge mit dem Wind flogen. Auf und davon. Und die auch ich verlassen habe, weil etwas fehlte, was sie nicht geben konnten, weil sie es nicht besaßen.

Sarah besitzt es: Es ist nicht benennbar, weil es zu groß ist für ein einziges Wort.

Ich berühre mich, je mehr ich an sie denke. Meine Hände lieben meinen Körper und er reagiert auf meine Lust. Ob sie Ähnliches empfindet, wenn sie mich in ihrer Fantasie vor sich sieht? Genau wie ich mir ihren Körper vorstelle, ihre Haut rieche, sie ertaste. Die Nacht lässt alles zu. Es ist ein wildes Gefühl und ich möchte es auskosten. Es gehört mir und Sarah.

## Sarah

Meine Schwester steht frühmorgens an der Tür. Sie gibt mir die Schlüssel für ihre Wohnung.
»Pass auf dich auf.«
»Ja, mach ich.«
»Und esst mir nicht den Eiskasten leer. Und kein Alkohol!«
»Sonst noch was?«
»Ja«, flüstert Liora. Sie steckt mir etwas zu, klein wie ein Zuckersäckchen. »Sollte es dazu kommen ... Ich weiß nicht, wie die Australier so sind. Wie sie dort über Aids Bescheid wissen. Aber ich hoffe, du bist vernünftig und wartest noch ...«
Es ist ihr peinlich und mir auch. Ich werde rot und weiß nicht, wo ich hinsoll mit dem Kondom. Es ist ein aufregender Gedanke, der mir schon diese Nacht einfiel. Es könnte sein ...
Bevor Liora wieder geht, sieht sie mich an, als wäre es ein Abschied vor einer Reise nach nirgendwo.
»Mach dir keine Sorgen!«, sage ich.
Ich möchte, dass sie geht. Ich will das hier nicht mit ihr teilen. Mit niemandem. Ich ärgere mich, dass sie sich einmischt. Ich will keinen Rat. Ich will, was ich tue, allein entscheiden. Ich will nicht, dass sie weiß,

dass ich überhaupt daran gedacht habe, mit Oliver zu schlafen.
Liora ist mir nahe. Jetzt ist sie mir *zu* nahe.


Die Schlüssel liegen heiß und verboten in meiner Hand. Meiner Mutter habe ich gesagt, dass ich abends zu Jessica gehe. Dass sie eine Fete gibt.
Heute feiere ich mein eigenes Fest. Oliver wird staunen, wenn ich ihm die Überraschung von der Wohnung sage. Ob ich den Mut haben werde, es ihm überhaupt vorzuschlagen? Wird es sich ganz natürlich ergeben? Ich weiß nicht einmal, wie und wo wir uns treffen werden, weil er am Tag vor der Abreise von den Plänen seiner Eltern abhängig ist. Und ich somit auch.
Ich möchte nicht abhängig sein. Könnte ich frei entscheiden, würde ich meiner Mutter einen Kuss geben, ihr sagen, dass ich sie sehr lieb habe, aber dass ich groß genug bin, um auf mich aufzupassen, dass ich reif genug bin, um zu wissen, wofür ich mich wann entscheide, und dass ich für ein paar Tage abhaue.
Oliver müsste dasselbe tun.
Er müsste auch seinem Vater einen Kuss geben. Ich nicht. Mein Vater ist gegangen und sein Kuss hat nach Rasierwasser und Kälte geschmeckt. Er hat gesagt, dass er mich sehr, sehr lieb hat, aber im gleichen Augenblick ist die Liebe ein tiefes Loch gewesen. Ich hab mich festgeklammert, aber ich bin abgerutscht und keiner hat mich aufgefangen.

So ist das mit der Liebe.
So kann es sein.

Ich fahre mit einem eigenartigen Gefühl zur Schule, als würde ich das letzte Mal dorthin gehen. Sie ist im Augenblick der unwichtigste Ort der Welt. In Geografie sind wir bei den Ägyptern, aber ich will etwas über Australien hören. In Biologie nehmen wir die Nervenbahnen durch und ich will wissen, wie Pelikane fliegen und warum ihre Federn Glück bringen.
In der Pause reicht mir Jennifer die Hälfte ihrer Semmel, aber sie schmeckt nach Pappe. Ich habe Bauchweh, bevor ich noch etwas gegessen habe.
»Weißt du, was Liebe ist?«, frage ich ...
»Ja. Die beste Freundin zuerst von der Wurstsemmel abbeißen lassen!«
Ich lache und ihre Antwort holt mich in den Alltag zurück.
Wurst, Knoblauch, Brot. Essen müssen.
Wer hat gesagt, dass Verliebte von Luft und Liebe leben?
Wie lange halten sie das aus? Wer deckt den Winter mit Küssen zu und wärmt die Körper? Wer stiehlt der Sehnsucht ein Auge und sieht alles in rosa Licht? Wer erkennt, dass er blind ist, wenn er die Liebe nicht sieht?
»Heh! Wo bist du gerade?« Jennifer rüttelt mich.
»Hier!«
»Sieht nicht so aus.«

»Wie sieht es denn aus?«
»Als wärst du weit weg und ein bisschen verrückt.«
»Bin ich auch. Hier hast du deine Semmel zurück. Dort, wo ich gerade war, braucht man kein Essen!«
»Jetzt bist du abgehoben!«
»Aber ich höre immer noch die Schulglocke, also kann es nicht so schlimm sein. Komm, wir müssen rein!«

Was wird heute noch alles geschehen?
In Religion schalte ich heimlich mein Handy ein und lese eine SMS von Oliver:
Sorry I can't meet you in the afternoon.
Please call me.
Die Wände des Klassenzimmers schwimmen auf mich zu und der Lehrer von mir weg. Meine Hände zittern und das Zittern erfasst den ganzen Körper. Er wird kälter und kälter und unter der Haut vibriert es.
Heißt das, dass ich Oliver überhaupt nicht treffe, ihn nie wieder sehe? Ich möchte augenblicklich zu ihm. Antwort erhalten. Mein Herz ist ein wildes Schlaginstrument, es verselbstständigt sich, ich halte es nicht mehr aus, haste zum Lehrer, sage, dass ich auf die Toilette muss. Am Gang schalte ich das Handy auf Empfang, wähle Olivers Nummer. Wenn er nicht antwortet, renn ich aus der Schule, eine Verzweifelte, eine Entsprungene. Sollen sie mich suchen. Mir ist alles egal. Während ich die Ziffern eingebe, wird mir erschreckend klar, dass ich nicht einmal weiß, wo Oliver wohnt.
Das Klingelzeichen ertönt. Mein Herzschlag wird lau-

ter. Ich presse das Handy an mein Ohr. Nach dem vierten Mal dringt Olivers Stimme durch.
»Hey, where are you?« Er klingt locker. Fröhlich.
Ich falle von einem hohen Felsen und es war den zittrigen Aufstieg nicht wert. Ich bin durch die Angst gehetzt und er hat indessen seelenruhig kleine Kaninchen getötet.
Während ich noch unsanft auf der Erde lande, erzählt er mir, wie gestresst er ist. Ich höre mich durch das Kofferpacken, die Besuche, die Einkäufe, die Telefonate hindurch, bin nur auf den einen und einzigen Satz konzentriert: Wann sehen wir uns?
»I can only meet you in the evening. Is it possible?«
Natürlich ist es possible. Was glaubt der Außerirdische denn? Wieso kann er unsere Welt verlassen, die alles ausschließt, was nicht mit uns zu tun hat? Wir wohnen doch in der Liebe. Hat er es vergessen?
»Ich will dich sehen, Oliver, was denkst denn du? Du fährst doch morgen weg!«
»Ich weiß. Aber ich war mir nicht sicher, ob deine Mutter dir erlaubt, mich abends ...«
»Halt den Mund, Oliver! Wir sehen uns nicht für ein ganzes Jahr und du glaubst, dass ich nicht kommen werde?!«
Ich bin verletzt, wütend. Er denkt anders als ich, fühlt anders, als ich fühle. Das habe ich nicht erwartet.
»Ich bin so froh, dass du das sagst, Sarah. Ich wäre zu dir gekommen, zu dir nach Hause, wäre durch dein Fenster gestiegen ...«

»Ich wohne im zehnten Stock ...«
»Ich hätte die richtige Leiter gefunden, ich hätte mir Flügel wachsen lassen, Sarah, I love you.«
»I love you too ...«
Die Welt ist wieder an ihren Platz gerückt. Sie dreht sich sanft in bunten Farben, sie nimmt uns mit und wir sind ihr Mittelpunkt.
»Ich habe eine Überraschung für uns, Oliver«, sage ich leise.
»Du kommst mit mir to Australia?«
»Nein. Das nicht. Aber du kommst zu mir, woandershin. Wir haben heute Abend die Wohnung meiner Schwester für uns!«
Pause.
Was ist denn jetzt schon wieder? Zählt er seine verdammten Schafe, fehlt eines, bringt ihn das so durcheinander?
»Was ist?«
»Ich bin ziemlich durcheinander. Ich hätte nie gedacht, dass du ...«
»Was? Ist das was Schlimmes? Ich hab ja nicht gesagt, dass ich ein Bett gemietet habe. Ich sagte: Wohnung. Apartment!«
Ich fühle mich irgendwie schlecht. Heruntergemacht. Ich verteidige mich gegen seine Gedanken, die mich zu einem dieser Mädchen machen, die ...
»Hey. You are wonderful, Sarah! Ich liebe dich.«
Auf Deutsch klingt es nicht so schön wie auf Englisch.
»Say it once more, in English, Oliver ...«

»I love you.«
»Gut. Dann gebe ich dir die Adresse.«
Ich teile ihm mit, wo ich abends sein werde, und er sagt: »Ich komme um sieben. Aber es kann sein, dass du ein bisschen warten musst.«
»Ich bin schnell im Warten. Es macht mir nichts aus. Ich warte ja auf *dich*! Auf *you*!«
Ich wollte *for* you sagen, aber es ist zu spät. Er hat schon aufgehängt und ich zittere mich zurück in die Klasse. Diesmal vor Glück.

Vielleicht bin ich verloren. Vielleicht bin ich verrückt. Ich habe das Kondom, als wäre es zerbrechliches, hauchdünnes Glas, in die Plastikfolie meines Ausweises gesteckt. Geschützt.
Sarah Nordheim hat ihre Identität gefunden und ihre Unschuld verloren.
Noch ist es nicht so weit und es kann alles ganz anders werden. Die Liebe sagt mir nicht, ob er den Geruch meiner Haut mag, wenn ich schwitze, und welches Deo ich verwenden soll. Die Liebe sagt mir nicht, was ich anziehen soll, um mich wohl zu fühlen und gleichzeitig umwerfend auszusehen. Die Liebe sagt mir nicht, was ich essen soll, damit mein Bauch nicht wilde Geräusche von sich gibt, und ob es mich zum Kind macht, wenn ich meinen kleinen Stoffaffen mitnehme. Zara-Lea, die Äffin, die mich überall hinbegleitet, wo ich Angst habe.
Habe ich Angst vor der Liebe?

Die Liebe sagt: »Frag nicht so viel und lass dich ein auf das Abenteuer, dass du selbst bist.«

»Und Oliver, was ist sein Anteil an dem Abenteuer?«

»Du wirst es erleben«, sagt die Liebe, denn sie irrt sich nicht.

»Gut. Ich packe das Kondom und den Stoffaffen ein, kleide mich mit dem Geruch meiner Haut ohne fremden Duft und ziehe einen Rock an, den ich mag. Er lässt sich leichter abstreifen als eine Jeans. Oder soll ich doch lieber eine Hose anziehen?«

»Je mehr du dich vorbereitest, desto unnatürlicher wirst du«, sagt die Liebe. »Wasch dein Haar, atme mich ein und du strahlst alles aus, was du brauchst. Oliver sieht es, merkt es. Mach dir keine Sorgen. Es wird das geschehen, was jetzt schon ist.«

»Du meinst, es ist schon alles da, vorbestimmt, ausgemacht, der große Augenblick vorprogrammiert, in mir und Oliver? Wir können gar nicht mehr anders ...?«

»So ähnlich ist es. Die Liebe ist da und sie erwartet, dass du sie siehst. Die Liebe will gesehen werden. Dann erst beginnt die Arbeit an ihr.«

»Sagtest du Arbeit?«

»Um sie zu erhalten. Nachdem etwas entstanden ist, will es gepflegt und beachtet werden.«

»Wie ein Garten?«

»Wie ein Garten. Ein Garten ist noch kein Paradies. Das Paradies musst du dir schon selbst erschaffen.«

Jetzt führe ich bereits Selbstgespräche. Wenn das bis abends so weitergeht, erlebt Oliver mich durchgeknallt.

Ich bin bereit und wünschte, die Liebe würde mir weiter zuflüstern, was ich tun soll, mich schützen, wenn ich nicht weiterweiß, mich lehren, dort, wo ich noch unberührt bin.

Oliver ist mir voraus. Und das ist gut so. Er weiß schon etwas von den Geheimnissen, die mich schwindlig machen.

Und wenn gar nichts geschieht? Nichts als reden, vielleicht küssen, und wir zu traurig sind, weil es ein erstes und ein letztes Mal ist, und ...

Die Liebe stellt keine Fragen.

Und morgen? Was wird morgen sein?

Morgen ist ein Herzzerreißtag und ich will nicht daran denken.


Es ist zehn vor sechs und ich hab es bis in Lioras Wohnung geschafft. Gemütlich ist sie und das Licht warm. Mir ist ein bisschen schlecht. Wenn ich bloß nicht auf die Toilette muss, wenn Oliver da ist. Jungen sind da total ungeniert und ich verstehe nicht, wieso es ihnen nichts ausmacht.

Ich rufe Liora an, um zu prüfen, ob das Telefon geht. Ich habe Oliver die Nummer hinterlassen, falls er später kommt als ausgemacht.

»Aber du ruf mich nicht an!«, bitte ich Liora.

»Nein, ich komme gleich selbst vorbei!«

»Wehe!«

»Du kannst ganz ruhig sein, ich schlafe heute bei meinem Freund. Aber übertreib es nicht, du kennst unsere Mutter. In letzter Zeit rastet sie leicht aus. Wenn Mitternacht ist, erschreckt nicht. Bei mir schreit ein winziger Kuckuck. Es ist Großmutters Standuhr, du kennst sie.«

»Weshalb zum Kuckuck hast du die nicht abgeschaltet!«

»Willst du dem unschuldigen Vogel den Hals abdrehen, nur weil du vielleicht vögelst!«

»So hast du noch nie geredet, Liora! Das war gemein. Vielleicht machen wir gar nichts. Außerdem geht es dich nichts an!«

»Entschuldige, Sarah. Ich bin in letzter Zeit in schlechter Gesellschaft. Es ist etwas ganz Besonderes für euch, wenn ihr zusammen sein könnt, allein. Ich respektiere das, glaub mir. Das war total blöd und unsensibel von mir.«

»Ja.«

»Tut mir echt Leid. Ich freu mich doch so für dich.«

»Er fährt morgen weg. Vielleicht für immer.« Die Tränen schießen hoch. Sie haben kleine, dünne Salzbeinchen und laufen die Wangen hinunter.

»Denk jetzt nur an den Augenblick, an euer Zusammensein. Ich glaube, dass du gerade etwas Außergewöhnliches erlebst. Den Richtigen für immer gibt es ohnehin selten, Sarah, nur für eine bestimmte Zeit, in einer bestimmten Phase. Und du bist jetzt mittendrin!«

»Ich kann nur an ›immer‹ denken. Ich glaube an die ewige Liebe, Liora!«

»Ja, Sarah. Vielleicht gibt es sie wirklich!«

Als ich auflege, fällt mein Blick auf ein eigenartiges Schild über dem Telefon. Braun, vergilbte Pappe, darauf in schwarzen Blockbuchstaben:
HIER IST NICHTS PASSIERT,
WORAN ICH MICH ERINNERN MÜSSTE.
Vielleicht hatte meine Schwester eine Menge unerfreulicher Telefongespräche mit ihren verschiedenen Männern. In Wirklichkeit erinnert sie sich an alles. Sie hat nur die Gabe, dass sie immer wieder an den Nächsten glaubt und die Bitterkeit einer Trennung im Fluss versenkt. Sie kauft eine Blume, färbt sie schwarz und wirft sie ins Wasser. Sie sieht zu, wie die Blume davonschwimmt, und wenn sie zu lange nahe am Ufer umhertreibt, nimmt sie einen langen Ast und schubst sie weiter, bis die Strömung sie erfasst. Dann wirft sie die Arme in die Luft, schreit »Befreit!« in den Himmel und läuft, bis ihr der Atem ausgeht. Schließlich ruft sie »Aus und vorbei!« und versucht zu lächeln. Jedenfalls ist es das, was sie erzählt. Einmal nahm sie mich mit, ich war elf und ich habe es anders erlebt. Die Blume schwamm, Liora rief: »Befreit!«, schrie: »Aus und vorbei!«, – sackte zusammen und schluchzte.

»Sonst funktioniert es immer«, sagte sie. »Diesmal ist es ein hartnäckiger Fall! Ich habe den Mistkerl wirklich sehr geliebt!«

Seit damals denke ich über die Liebe nach.

Ich fragte einmal eine sehr alte Frau: »Was ist die Liebe?« Und sie sagte: »Liebe war im KZ unter Lebensgefahr ein Stück Brot für jemanden zu schmuggeln.«

Und unser Hausmeister sagte: »Liebe ist der lebenslange Irrtum eines verliebten Esels.«
Die Liebe ist ein Rätsel und ich muss es selbst herausfinden.

Gleich werde ich es wissen. Noch zehn Minuten und Oliver läutet. Noch neun ... acht ... sieben ... sechs ...
Es klingelt und ich zucke zusammen, mein Puls jagt, in der Brust staut sich der Atem, ich öffne die Wohnungstür, schlinge die Arme um Oliver und die Zeit bleibt wieder stehen.
Er erzählt mir von seinem Tag und diesmal höre ich genau zu. Jedes Wort ist ein besonderes Wort. Es bringt mich zu ihm, zieht mich mit in das, was er erlebt und gedacht hat. Die Gedanken sind das Wichtigste: Sie gelten mir!
»Bei allem, was ich heute erledigen musste, warst immer nur du in meinem Kopf. Und auch sonst wo. Na ja, du weißt schon!«
Oliver küsst mich und ich weiß genau, wo noch ich in seinem Körper gewesen bin. Sein Verlangen und meines treffen mit einer Wucht aufeinander, die die Fensterscheiben klirren lässt. Ich falle auf das Bett, das Zimmer dreht sich, Oliver liegt auf mir, das Haar über mein Gesicht geworfen, seine Lippen auf meinem Hals, seine Hände auf meinen Brüsten, seine Schenkel auf meinen Beinen. Er gleitet an mir hoch, sein Gesicht über meinem. Unendlich zärtlich hält er meinen Kopf in seinen Händen, während sein Körper mich in

die Weichheit des Bettes drückt. Irgendwann gibt es nicht mehr nach und ich ringe nach Atem. Oliver richtet sich gemeinsam mit mir auf, wir sitzen einander gegenüber, die Beine um die Taille des anderen geschlungen.
Wir sind immer noch halb angezogen und uns ist heiß. Olivers Stirn ist feucht, mein Unterhemd klebt am Körper.
Oliver streichelt meinen Hals mit seiner Nasenspitze. »You smell wonderful«, flüstert er und ich rieche an seiner Haut, wo das Hemd weit offen ist, und tauche in unbekannt Erregendes, ein fremdes Feld voll wilder Blumen.
Wenn ich sie pflücke, gehören sie mir.

»Ich möchte mit dir schlafen«, sagt Oliver leise an meinem Ohr, küsst es hellwach, jeder Ton dringt einzeln ein.
Die Berührungen hätten ewig so weitergehen können, aber sein Satz verlangt eine Antwort, die ich nicht geben kann. Ich habe sie erwartet, sie herbeigesehnt, und jetzt verwirrt sie mich.
Ich weiß noch nichts von dieser Liebe, die meinen Körper verändert, vielleicht mein ganzes Leben durcheinander bringt.
Wenn die Liebe in mich eindringt, kann ich nie mehr zurück.
»Was ist?«, fragt Oliver vorsichtig. Er blickt mich an, ebenso verwirrt wie ich. »Habe ich dich er-

schreckt? Ich hatte den Eindruck, dass du genau wie ich ...«

»Ja, schon. Aber jetzt, wo du's ausgesprochen hast, weiß ich nicht, was ich sagen soll. Ich ... ich ... ich will dich so sehr und ich bin ganz durcheinander.«

»Weil ich morgen fahre?«

»Vielleicht auch deswegen.«

»Sollten wir nicht gerade deshalb ganz zusammen sein, so, wie wir es vielleicht nie mehr sein können? Diesen Augenblick leben, weil er nur jetzt möglich ist! Etwas ganz Besonderes, was nur uns gehört?«

»Doch. Aber ich habe Angst.«

»Ich bin sehr vorsichtig, Sarah. Ich hab dich doch so lieb! Ich werde dir nicht wehtun. Ich werde mich ganz sanft in dir bewegen und dich halten und auf dich achten, so gut ich kann.«

»Ja.«

Ich sehe Oliver an und die Liebe ist ein überwältigender Windstoß, der mich hochhebt und erneut in Olivers Arme fallen lässt.

Nur heute ... nur heute Nacht ... nur mehr dieses eine Mal.

Nicht denken. Und doch denken müssen. Das Kondom. Ich müsste aufstehen und es holen und die Stimmung wäre zerstört.

Da sagt er: »Ich habe ein Kondom bei mir, ich habe an alles gedacht, Sarah ...«

Oliver zieht zum Beweis das Kondom aus seiner Hosentasche, zeigt es mir. Es hat eine blaue Verpackung.

Meine ist rot. Ich verschweige, dass es in meinem Ausweis steckt.

Ich sehe das Päckchen an. Es ist, als würde er mir Stoff anbieten. Feines weißes Pulver, das mich in eine andere Welt trägt, wenn ich es nehme.

»Sarah ... I love you.«

Ich spüre seine Arme, seine Hände, wir küssen uns und er knöpft meine Bluse weiter auf und ich sein Hemd. Er schält sich aus seiner Hose und ich aus meiner. Er hilft mir dabei und ich bleibe mit der kleinen Zehe in einem Stück Saum hängen, das sich aufgetrennt hat. Wir lachen. Jetzt sind wir zusammen.

Und morgen getrennt. Ich halte inne, schaue ihn an.

»Was hindert uns, uns zu lieben, Sarah? Die Moral? Die Eltern? Wir selbst?«

»Ich weiß es nicht. Ich hab einfach Angst. Es ist die Angst vor der Angst, es zu tun. Es ist etwas Endgültiges für mich ... ein Riesenschritt.« Ich mache eine lange Pause, in der mich Oliver nur liebevoll an den Händen hält. Mir Zeit lässt. Ich blicke auf, blicke in sein Gesicht, dass mir Vertrauen und Nähe einflößt.

»Ja. Ich will diesen Schritt mit *dir* machen, Oliver!«

Ich habe es gesagt. Ich habe mich entschieden. Ich bin unabhängig. Die Liebe ist in mir und sie brennt.

Oliver streichelt mich und ich weiß nicht, ob er mich gehört hat. Ich habe den Satz so leise gesagt, dass ich meine Gedanken nicht von meinen Worten unterscheiden konnte. Es ist heiß in dem halbdunklen kleinen Zimmer mit dem großen Bett und die Welt ist riesig.

Olivers Hände sind behutsam, seine Lippen, seine Zähne prägen feuchte Zeichen in meine Haut, Liebestätowierungen. Er berührt mein Geschlecht durch meinen Slip und ich ertaste zaghaft und voll Neugierde seines. Es erschreckt mich, weil es so hart ist, so fremd, so groß und unter meinen unerfahrenen Fingern wächst. Ich höre Olivers Atem an meinem Ohr, ich höre die Liebe, die nicht mehr fragt.
Plötzlich muss ich mich aufsetzen. Olivers Gewicht liegt zu schwer auf mir, ich huste. Ich kann gar nicht aufhören zu husten, meine Augen füllen sich mit Wasser, es läuft über die Wangen, meine Wimperntusche verrinnt und ich weiß, dass ich wie ein Clown aussehe.
»Is everything okay?«, fragt Oliver und klopft mir sanft den Rücken. Als es vorbei ist, beginnt er abermals mich zu streicheln, aber ich möchte ins Bad und mein Gesicht schön machen für den großen Augenblick in meinem Leben.
Wer will schon mit einem Clownmädchen schlafen?
Als ich ins Bad husche, stoße ich an Olivers Rucksack. Die Feder ragt heraus wie immer. Ich wische vor dem Spiegel die Tusche weg, trinke Wasser vom Hahn, schnappe mir beim Zurückeilen die Feder und lege sie auf das Bett.
»Sie bringt Glück, hast du gesagt.« Ich lächle Oliver an, aber sein Gesichtsausdruck ist wie erstarrt.
»Take it away! Nein. Gib sie mir, ich lege sie selbst zurück!« Er reißt die Feder von der Decke, springt auf und an mir vorbei.

»Was ist denn passiert, Oliver? Was ist mit dieser Feder?«

Oliver kramt hastig in seinem Rucksack, verstaut die Feder und setzt sich wieder auf den Bettrand. Er stiert vor sich hin und mein Herz schlägt hart. Es pocht in meinen Schläfen und ich habe Angst.

»Was ist, Oliver?«

Oliver hebt den Kopf und sieht mich an. Es ist ein bittender Blick. Ich weiß nicht, was er bedeutet, packe ihn an der Schulter. Er hat die Arme verschränkt, sperrt sich.

»Sag schon, was ist denn plötzlich?«, schreie ich.

Oliver atmet tief durch, wieder und wieder. »Die Feder erinnert mich an meine Freundin. Ich wusste nicht, wie ich es dir sagen sollte im Wald. Ich liebe *dich*. Dich! Verstehst du? Und ich werde mich von ihr trennen.«

Seine Worte haben einen eintönigen Klang.

Ich möchte laut schreien. Die Möbel, die Luft, alles kaputtschreien.

Aber ich bin still. Ganz still.

Oliver sieht mich erneut an. Er hat mich angelogen. Er hat eine Freundin. Und die verdammte Feder ist von ihr.

Wie weggetreten greife ich nach meiner Bluse und streife sie über, taste nach meiner Hose und ziehe sie an. Ich fühle gar nichts. Sitze neben diesem fremden Jungen, der in seinen Boxershorts zusammengesunken auf dem Bettrand hockt.

Mir ist eiskalt und ich warte. Jemand hat auf mich eingeschlagen und ich beginne den Schmerz zu spüren.

»Please, Sarah ... bitte ...«

»Was bittest du mich eigentlich?« Ist das wirklich meine Stimme? Oder vielmehr die hohle Stimme von Lioras kleinem Kuckuck, der um Mitternacht rufen wird?

»I love you! Don't you understand?«

»Und warum hast du mich angelogen, als ich dich im Wald fragte, ob du eine Freundin hast?«

»Weil ich Angst hatte, dich zu verlieren. Ich hatte dich doch gerade erst gefunden. Du hast mich völlig durcheinander gebracht. Ich bin gar nicht zum Nachdenken gekommen!«

»Du hast lange genug nachgedacht, erinnerst du dich nicht!«

»Ich konnte überhaupt keinen klaren Gedanken fassen. Ich hatte Nadja vergessen. Sie gehört in eine andere Welt, die nichts mit unserer zu tun hat.«

»Du hast deine Freundin vergessen? Vergessen wie den kleinen Pudel in der Ausstellung. Forgotten?«

»Nein. Vergleich das jetzt nicht! Urteile nicht! Sei nicht so überheblich, Sarah. Du kannst nicht wissen, was ich denke.«

»Stimmt! Ich weiß es ja auch nicht. Du redest große Worte und denkst ganz etwas anderes!«

»Nein! Ich habe noch nie so genau gewusst, was ich will: DICH!«

»Und da musst du lügen?«

»Du verstehst mich nicht. You just don't understand! Aber es ist die Wahrheit. Du und ich, wir haben nichts mit der wirklichen Welt dort draußen zu tun. Wir sind uns begegnet und es hat alles verändert.«

»Ja«, sage ich tief verletzt. »Es hat alles verändert. Von einer Sekunde auf die andere erfahre ich, dass du eine Freundin hast, und die verdammte Feder, die darf ich nicht mal berühren, oder?« Ich hab meine Stimme wieder. Schreie die Sätze voll Hass in den Raum, stürze zum Rucksack, in dem tief drinnen die hässliche Feder steckt, reiße sie raus, will sie brechen. Sie ist stark und lässt sich nur knicken. Ich werfe sie auf den Boden und trete mit bloßen Füßen darauf. Etwas sticht heftig in meine Ferse und ich bin dankbar für den Schmerz. Er bringt mich wieder zu mir.

Oliver ist aufgestanden, kommt langsam auf mich zu, nimmt mich in die Arme, so vorsichtig, als wäre ich aus dünnem Glas.

»Lass mich!« Ich winde mich aus seinem Schutz, stoße ihn weg.

Er bleibt stehen, die Arme hängend, lehnt hilflos an der Tür. Ich lasse ihn dort stehen, suche meine Schuhe unter dem Bett. Plötzlich fällt mir sein Satz auf den Rücken, die Stimme hautnah, verzweifelt leise: »I love you, Sarah, this is all I can say. Und ich werde nicht mehr zu Nadja zurückkehren. Ich kann es gar nicht mehr. Du bist in meinem Herzen und in

meinen Gedanken, ich weiß erst jetzt, was Liebe ist. Treue ist eine Herzenssache, Sarah! Und ich gehöre zu dir.«
»Sie heißt Nadja?«, frage ich kühl und es klingt lächerlich. Als würde es einen Unterschied machen, ob sie Euphrosine, Julia oder eben Nadja heißt.
Es gibt sie und ich wusste nichts von ihr.
Es gibt sie und ich weiß von ihr.
»Es gibt sie nicht mehr«, sagt Oliver und ich erschrecke, weil sich unsere Gedanken so oft telepathisch begegnen. »Ich meine, es gibt sie, aber nicht neben dir.«
»Wie soll ich dir glauben?«
»Indem du es tust.«
»Das ist keine Antwort. Und wenn ich es nicht mehr kann?«
»Dann versuche es. Uns zuliebe. Unserer Liebe zuliebe.«
»Die ist plötzlich nicht mehr da, Oliver. Die hast du kaputtgemacht!«
»Dann war sie auch vorher nicht da. Aber du weißt, dass das nicht stimmt. Sieh mich an ... bitte ...«
Oliver hat eine spürbare innere Kraft. Fast könnte ich ihm glauben, dass die Liebe uns nicht betrogen hat. Nur einen Umweg gemacht hat, um noch sichtbarer zurückzukehren. Trotzdem reagiere ich nicht auf die Sehnsucht, die sich in mir anbahnt.
»Ich werde ihr die Wahrheit sagen, Sarah. Ich kann gar nicht mehr mit ihr zusammen sein«, wiederholt er. »Nicht nach all dem, was mit uns geschehen ist.«

»Ich bin froh, dass ich nicht mit dir geschlafen habe.«
»Verstehst du mich denn gar nicht?«
»Nein.«
Ich lasse mich mit meinem Schmerz in Lioras weichen blauen Sessel fallen, lege mir das dicke Zierkissen auf den Bauch, hole Zara-Lea aus meiner Tasche und halte mich an der Äffin fest.
Endlich kann ich weinen.
Oliver kniet vor mir und ich will, dass er aufsteht, dass er verschwindet, dass er mich in Ruhe lässt. Der Zorn, die Enttäuschung sind zu heftig. Gerade noch haben wir halb nackt auf dem Bett gelegen. Gerade eben war die Liebe neben uns gesessen und hatte darauf gewartet, dass wir sie feiern.
»What can I do?«, fragt Oliver.
»Nothing!«
»Nothing can be a lot, remember? I will sit here and wait till you can feel my love again ...«
»Da musst du aber ein paar Jahre hier sitzen und warten!«
»No ...« Oliver richtet sich auf, setzt sich auf die Sessellehne, beugt sich über mich und küsst mich. Ich reagiere steif wie mein Stoffäffchen. Er küsst mich über das ganze Gesicht, ein zarter Kussregen, jede halbe Sekunde an einer anderen Stelle.
Irgendwann lege ich die Arme um ihn. Irgendwann fängt mich seine Wärme, sein Bemühen um mich, seine Zärtlichkeit und auch das Begehren ein.
»It is *you* I want. For ever!«, sagt Oliver.

Oliver holt mich aus dem Sessel wie eine Kranke. Er begleitet mich zum Bett und legt mich darauf. Es ist gut neben ihm. Es tut weh und es ist gut zugleich. Wir liegen aneinander geschmiegt und die Liebe sieht zu und ist still.

»I don't want to lose you«, sagt Oliver leise an meinem Ohr.

»What can we do?«, flüstere ich.

»Love each other, even if I'm in Australia and you are here.«

»Und wie soll das gehen?«

»Du musst Vertrauen in unsere Liebe haben!« Oliver hält mich fest, küsst meine Stirn, meinen Hals, meinen Mund. »Was uns trennt, sind ein paar Straßen, Wasser, Berge. Was uns verbindet, kann die Straßen, das Wasser, die Berge überwinden ...«

Es klingt alles sehr schön. Ich will daran glauben, aber es funktioniert nicht richtig. In meinem Bauch ist ein Schmerz, der durch den Körper zieht. Er redet von Enttäuschung und noch mehr von Abschied und ich bin nicht bereit.

Ich weiß nicht, wie viele Stunden wir uns nur festgehalten und gestreichelt, Worte ausgetauscht und Worte zurückgehalten haben. Um Mitternacht hat der kleine Vogel geschrien, ein heller, metallener Klang, und ich bin hochgeschreckt. Meine Wangen waren heiß und Olivers Wangen auch. Unser Haar feucht, hinter den Augen brannte es und mein Körper stand auf und machte sich fertig für den Weg nach Hause. Oliver zog sich ebenso schweigend an und hielt mich plötzlich am Arm.

»Ich habe dir mein Tattoo noch nicht gezeigt. Hier!«

Er zog den Bund seiner Hose und seiner Boxershorts weit hinunter, bis zur Hälfte seines Hinterns. Auf dem höchsten Punkt der Rundung war ein Yin-Yang-Zeichen eingeritzt, schwarz und schön.

»Darf ich es berühren?«

»Ich will, dass du es berührst!«

Ich fuhr über die geschwungenen Linien, die gezeichneten und jene von Olivers Hintern. Ich legte meine Hand auf das Zeichen und schützte es.

»Deine Hand fühlt sich wunderbar an«, sagte Oliver.

»Ich werde deine Nähe immer auf dieser magischen Stelle an meinem Körper spüren.«

»Ich möchte, dass du mir auch etwas von dir hinterlässt.«

Oliver sah mich kurz an, streifte sein dünnes Lederband mit dem Tigerzahn über den Kopf und band es neu um meinen Hals.

»Ich habe es von meinem Vater bekommen, als ich 13 war, als Zeichen dafür, dass ich nun ein Mann werde. Es sollte mich auf dem Weg dorthin beschützen. Da nicht die Gefahr besteht, dass du ein Mann wirst, und Schutz für alle Menschen etwas sehr Brauchbares ist, schenke ich es dir!«

Das waren zwar eigenartige Worte für Olivers Geschenk an mich, doch ich würde es zum Zeichen der Liebe für immer tragen.

Auf dem Weg zu mir nach Hause schwiegen wir. Es gab nichts mehr zu sagen. Die Nacht hatte kühle Finger und trieb uns vorwärts. Die Häuser warteten mit dunklen Gesichtern, dass wir vorbeikämen, und die Straßen waren ein schwarzes, gewundenes Band, das uns führte.

Vor der schweren Eingangstür blieben wir stehen und die Gefühle zersprangen in mir. Wir hielten uns lange fest. Die Liebe umschloss uns und schirmte uns ab.

Oliver küsste mich und ich antwortete ihm mit allem, was ich habe.

»Um wie viel Uhr fliegst du?«

»Vormittags. Bitte komm nicht zum Flughafen, Sarah. Es macht es noch schwerer. Ich hasse Abschiede. Auch wenn es kein wirklicher Abschied ist.«

»Ja.« Ich möchte mich auflehnen und ihm sagen, dass es meine eigene Entscheidung ist, ob ich komme oder nicht. Er kann mich nicht abhalten. Ich würde auch um fünf Uhr Früh zum Flughafen fahren. Ich würde dort sein, wo Oliver ist. Bis zum letzten Augenblick. Vielleicht komme ich heimlich. Ihn noch einmal sehen. Seine Eltern. Ihn in einem Teil seiner Welt erleben und ein Stück mehr von ihm besitzen.

Ich spürte, wie Olivers Hände, seine Arme, sich langsam von mir entfernten, die Wärme mich verließ. Er machte einen Schritt nach rückwärts und sah mich im Halbdunkel an. Er streckte den Arm aus und berührte mein Gesicht, fuhr darüber wie ein Blinder. Dann drehte er sich um und ich weiß, dass er weinte.

Ich blieb an die Eingangstüre gelehnt stehen und sah ihn noch, als er schon längst um die Ecke gebogen war.

Am nächsten Morgen wachte ich auf und schreckte hoch. Oliver war weg. Ich lief zum Fenster und suchte die Liebe. Hastig zog ich mich an. Eine halbe Stunde hatte ich noch Zeit, mich bereits in der Nacht erkundigt, wann sein Flugzeug ginge.
Ich rannte ohne zu frühstücken auf die Straße, hetzte zur U-Bahn, stolperte fast die Rolltreppe hinunter, kam gerade noch rechtzeitig, sah die U-Bahn kommen, es war meine Linie.
Doch ich stieg nicht ein. Hatte keinen Mut. Kehrte um.
Langsam, sehr langsam, ging ich zurück nach Hause und nahm die Liebe mit mir.
In meinem Zimmer legte ich mich auf das Bett und wartete, bis sein Flugzeug in den Himmel aufstieg.
Als es so weit war, weinte ich.

Das ist drei Monate her.
Jeden Tag fliegen zwei E-Mails zwischen Australien und Europa hin und her.
Eine von ihm.
Eine von mir.
Ich habe gezählt, wie viele Male das Wort Liebe in seinen Briefen vorkommt: neunzig Mal.
Seit unsere Geschichte begann.

## Oliver

Der letzte Tag vor der Abreise war hektisch und meine Eltern wollten noch hundert Dinge erledigen. Ich hatte deswegen Streit mit ihnen. Beim Abschiedsabend mit Mamas Verwandten wollte ich nicht dabei sein.

»Ich möchte jemanden treffen«, sagte ich.

»Am letzten Abend?«, fragte mein Vater. »Du kennst doch hier niemanden.«

»Doch«, sagte ich. »Ich kenne ein Mädchen. Ich habe euch nicht von ihr erzählt, weil ich es nicht wollte. Aber heute muss ich wohl, weil ich nicht mitkomme!«

»Du willst ein Mädchen treffen. Am letzten Tag? Was hat denn das für einen Sinn?«

»Du fragst wirklich nach dem Sinn? Welchen Sinn hat es, sich von Verwandten zu verabschieden?«

»Sie sind Verwandte. Du hast es eben gesagt. Unsere Freunde werden auch dort sein.«

»Dieses Mädchen ist mir näher als Freunde und Verwandte.«

»Du siehst sie vielleicht erst in einem Jahr wieder. Wenn überhaupt!«

»Ich werde Sarah wiedersehen!«

»Du hast dich hier also in ein Mädchen verliebt, in Sarah?«, sagte meine Mutter.
»Ja. Und es ist mehr als das, aber ihr versteht es ohnehin nicht!«
»Es wird wehtun, wenn du sie so gern hast«, sagte meine Mutter. »Aber die Liebe ist größer als alles andere. Geh nur!« Sie lächelte. Sie verstand. Mein Vater schüttelte bloß den Kopf. Vielleicht hatten ihn seine Träume bereits verlassen.
Es war Abend und ich ging. Vorher hatte ich noch überlegt, was ich anziehen sollte. Mein T-Shirt mit der Aufschrift:
WORK IS FOR PEOPLE WHO NEVER LEARNED TO SURF
Es schien mir für diesen besonderen Abend nicht richtig. Ich wählte mein blaues Hemd. Ich wollte gut riechen und hatte mir ein Deo gekauft und ewig gebraucht, um den besten Duft zu finden. Ich blickte in den Spiegel, sah mich mit Sarahs Augen und mochte mich.

Es war ein langer Weg zu ihr. Sie hatte mich gefragt: »Weißt du, wie du hinkommst?« Und ich hatte geantwortet: »Wenn ich dort bin, werde ich es wissen«, aber nicht damit gerechnet, dass es tatsächlich so kompliziert sein würde. Ich ging erst mal durch, wo »Durchgang verboten« stand, überquerte eine Baustelle und musste wieder umkehren, weil sie in einen zugemauerten Tunnel führte. Ich bin gewohnt querfeldein zu gehen. Hier gibt es jede Menge Absperrungen, Wegweiser, Verbotsschilder. Ich musste die U-Bahn nehmen und dann in einen Bus steigen. Ich saß im Zug und dachte an das Telefongespräch, bei dem Sarah mich aus der Schule anrief. Sie war irgendwie sauer auf mich, ich weiß nicht warum. Sie erzählte mir von der schönen Idee mit der Wohnung. Ich war im Augenblick völlig überrascht, weil ich die gleiche Idee hatte. Wenn meine Eltern zu den Verwandten gingen, hätte Sarah zu mir kommen können. Irgendwie schaffte ich nicht, ihr das klar zu machen. Plötzlich hatte ich Angst, sie könnte denken, ich wollte mit ihr schlafen, was ja stimmte, aber es sollte kein Druck, kein Planen sein. Wenn ein Junge was mit Wohnung und so sagt, kann das leicht missverstanden werden.

Je näher ich zu Sarahs Adresse kam, desto aufgeregter wurde ich. Gleichzeitig spürte ich einen Schmerz; der saß überall und ich sagte mir: Hör auf daran zu denken, dass es der letzte Abend ist für lange. Genieß das, was jetzt ist, was zwischen mir und Sarah entstehen kann. Und ich dachte: Ich habe schon jetzt solche Sehnsucht nach ihr. Nach ihrer Art, mich anzusehen, nach ihrem Haar, nach dem kleinen Fleck oberhalb ihrer Augenbraue, der ihrem Gesicht etwas Besonderes verleiht, etwas Unvollkommenes, das ich mag. Sie hat kein Puppengesicht, verwendet keine Schminke, sie ist mein Mädchen, das auf den Wellen reitet, ganz ohne Surfbrett. Ich hole sie nach Australien. Ich hole sie zu mir unter den knallblauen Himmel, hole sie zum Uluru und zeige ihr meine verborgenen Pfade, die tief in den Busch führen.

Vor dem Fenster erscheinen die Namen der Stationen, ich lese sie nicht mehr, zähle nur, wie viele Male der Zug anhalten muss, bis ich aussteigen werde. Es ist eine lange Fahrt.
Hin zu Sarah.
Und morgen?
Der Schmerz beißt sich fest und ich widerstehe ihm nicht mehr. »Lass dich darauf ein und vergeude nicht deine Kraft. Schwimm mit der Welle und suche erst wieder Halt, wenn du aus ihr heraußen bist.« Diese Worte hat Jundumura einmal zu mir gesprochen. Mein Zuflüsterer. Damals. Als Lela einfach davongegangen war und mich als Loser zurückgelassen hatte.
Es hat so wehgetan, dass ich nie mehr diesen Schmerz spüren wollte.
Manchmal, wenn ich an all die Mädchen denke, mit denen ich zusammen war, versuche ich ganz kurz ehrlich zu sein. Dann weiß ich, dass es nicht stimmt, dass immer ich derjenige war, der Schluss gemacht hat. Bevor ich zu viel fühlte, ging ich.
Doch da war eine, die hieß Mo. Genau die fiel mir ein, als ich den langen Weg zu Sarah fuhr.
Sie war zarter als Sarah, sehr zart und klein. Deshalb hatte ich es ihr am wenigsten zugetraut. Das, was sie mir angetan hatte.

Manche Mädchen können unglaublich hart sein.
Da war also Mo aus der Parallelklasse. Wir waren beide vierzehn und sie hatte alles, was ich mochte. Sie roch manchmal nach Meer und manchmal nach Jasmin. Ich konnte sie ganz leicht hochheben, leicht wie eine Möwe. Ihr erzählte ich als Einziger von meinem damaligen Traum, Schlangenforscher werden zu wollen. Ich nahm mir vor die seltenste Schlange der Welt zu erforschen, die Morelia Carinata, eine rauschuppige Python in der Wildnis von Kimberley. Genau die wollte ich eines Tages finden. Mo und ich gingen oft gemeinsam schwimmen und surfen und ich vertraute ihr sogar an, dass ich einmal Angst vor dem Wasser hatte, was bei uns »lächerlich« ist. Sie lachte nicht. Sie sagte: »Und ich hatte als kleines Kind Angst, mich auf einen Nachttopf zu setzen, weil ich dachte, er würde an meinem Hintern kleben bleiben und ich müsste mit dem Nachttopf auf ewig rumrennen.«
Sie küsste mich oft und erklärte, sie würde mich lieben.
Eines Tages kam ich an ihrem Haus vorbei. Ich wollte ihr ein riesiges leeres Schneckenhaus bringen, das ich zwischen den Büschen gefunden hatte. Sie sammelte Schneckenhäuser und Muscheln. Ich hörte Lachen. Ausgelassene Stimmen, die aus dem offenen ebenerdigen Fenster zu mir hinflogen. Ihre Stimme. Und plötzlich die von John Rosswin!
Plötzlich roch es nach wildem Schnee und Kerzenresten, nach Übelkeit und Entsetzen. Ich blickte auf

das Schneckenhaus in meinen Händen. Unendlich leer war es und die feinen Linien auf der Panzerschale zerflossen. Ich schlich zum Fenster, stellte mich auf die Zehenspitzen, streckte mich, so weit ich konnte, und schaute vorsichtig hinein. Es war so still geworden.
Sie küssten sich.
Ich war in mir und zugleich außer mir. Sie taten mir so weh, dass ich schrie. Sie hörten es nicht, weil mein Schrei keinen Ton hatte. Ich ging und warf die Schnecke gegen einen Baum. Sie zerschellte.
Wochenlang konnte ich kaum essen. Ich hörte, wie meine Mutter dem Arzt zuflüsterte, dass ich Liebeskummer hätte. Der dickbauchige Arzt mit dem roten Gesicht lachte laut und sagte: »›Kleine Buben versuchen Männer zu imitieren, dann tun sie es für den Rest ihres Lebens!‹ Das stammt von Mark Twain, glaube ich, aber er hatte Recht. Wir versuchen stark zu sein, ein Leben lang. Und wenn es uns erwischt, sind wir auch noch mit vierzig kleine Buben!«
Ich war ein kleiner Bub. Ich würde es für immer bleiben.
Ein Loser.

Ich wollte mir nichts mehr aus Mädchen machen. Aber sie zogen mich an und eines Tages wehrte ich mich nicht mehr. Dieses erste Mädchen, mit dem ich schlief, tat alles, was zu tun war, um mich dorthin zu bringen, wo ich tief in mir sehnsüchtig hinwollte. Ich

lernte schnell. Es war leicht. Mein Körper reagierte und ich behielt meine Gefühle für mich.
Erst als Nadja auftauchte, fingen sie mich wieder ein. Sie war groß, schlank und wild. Meine alte Angst kam wieder und ich wagte sie nicht wirklich zu berühren. Ich träumte mir die Seele wund nach Nadjas Körper und sie tat den ersten Schritt. Sie holte mich zu sich und ich entdeckte, dass Sex und Liebe zusammengehörten, damit es ein Feuerwerk würde.
Es gibt kleine und große Feuerwerke.
Solche, die kurz sprühen, und solche, die noch lange strahlen.
Das weiß ich erst jetzt.
Seit ich Sarah begegnet bin.

Über all die Mädchen in meinem Leben denke ich mich also hin zu meiner Sarah, von der mir niemand sagte, dass ich sie einmal treffen würde.
Ich fahre vier weitere Haltestellen mit dem Bus. Dann bin ich endlich da. Ich läute, das Tor springt auf, ich haste die Treppe hoch und Sarah steht an der Tür. Sie ist schön, so einfach, so wunderbar schön, dass ich sie nur ganz vorsichtig an mich ziehe. Ich spüre sie, ihre Freude, ihre Sehnsucht, unsere Einheit. Das Denken setzt aus und das Bett fängt uns auf.
Ich kann mich kaum beherrschen, sie nicht jetzt sofort völlig zu besitzen, in sie einzudringen. Irgendwie gelingt es mir, an heiße Gemüsesuppe zu denken. Das Einzige, was mich aus dem Zustand der Begierde raus-

bringt. Mir wird übel von dicker Gemüsesuppe, die nach Kohl riecht, aber mir wird nicht übel von Sarah, im Gegenteil. Der Geruch ihrer Haut, ihrer Lippen, ihres Atems überströmt alles und fließt als pure Lust durch mich hindurch. Und erst ihre Berührungen! Ihre Hände, die mich erfahren wollen, meine, die mich zu ihr hinführen. Überall in mir und besonders in meinem Unterbauch ist so ein wildes Gefühl, das nach außen drängt, mich nahe ans Zerplatzen stößt. Ich halte mich zurück, streichle Sarah liebevoll. Ich versuche mich zu beruhigen, liege dicht neben ihr, wir genießen unsere Nähe, den Kontakt unserer Körper. Der Kontakt ist so stark, dass ich mich wieder auf den Bauch legen muss, damit sie es nicht entdeckt, sollte sie hinschauen. Ich weiß nicht, wie Sarah reagiert. In einem ganz bestimmten Augenblick sage ich es ihr: Dass ich mit ihr schlafen möchte. Wir haben nur noch heute Abend. Ich wünsche mir so sehr eins mit ihr zu sein, dass ich glaube den Verstand zu verlieren. Aber sie holt mich mit ihrer sanften Stimme, ihren klaren Worten zurück.
Wunderschön ist es mit ihr.
Auch so.
Nichts muss sein. Ich halte sie fest und sie ist da.

Dann geschieht das Unvorhersehbare, ich selbst verrate mich, falle aus der Welt. Sie legt diese verdammte Feder auf das Bett und ich muss es sagen, kann nicht lügen, zu wahrhaftig ist Sarahs und meine Liebe. Ich habe Sarah tief getroffen. Erst ist sie furchtbar still. Dann

schreit sie mich an und ich wehre mich. Auch dagegen, dass ich Nadja vergessen hätte, einfach so, wie den Pudel in der Ausstellung. Es stimmt nicht. Ich habe an sie gedacht und ich weiß, dass ich ihr wehtun werde, weil ich es ihr sagen muss, dass ich mich für Sarah entschieden habe. Aber das wäre meine Sache gewesen. Da hätte ich ganz alleine durchgemusst.
Wie konnte ich so dumm sein und Sarah gerade an diesem, unserem letzten Abend gestehen, dass ich gelogen habe. Gelogen aus Angst. Und doch die Wahrheit gesagt. Denn als ich Sarah begegnete, wusste ich, dass sie das Mädchen ist, von dem ich geträumt hatte, als ich damals in Australien meine Träume in den Himmel schoss.

Ich weiß nicht, wie lange ich auf dem Teppich vor ihr saß. Sarah auf dem Sessel – meilenweit von mir entfernt. Erst habe ich mich ausgeklinkt aus der Welt, alles verloren, kaputt, und doch kam langsam wieder die Vernunft in mich, das Lebendige. Ich habe sie zurückgeholt. Die Liebe hat uns eingeholt. Sarahs Arme lagen irgendwann wieder um meinen Hals, um meinen Körper, und wir küssten uns.
Leidenschaftlich und doch sanfter als zuvor.
Etwas hatte sich verändert.
Die Wehmut war zwischen uns getreten.
Der Schmerz hatte sich in unser Herz gelegt. Ich hatte Sarah diese Wunde zugefügt und Sarah würde sich heute Nacht nicht mehr für mich öffnen.

»Ich bin froh, dass ich nicht mit dir geschlafen habe«, sagte sie.

Ich stand einige Schritte von ihr entfernt und fühlte mich als ... Loser.

Nachdem wir uns lange umarmten, irgendwie wieder zueinander fanden und doch nicht mehr ineinander, gingen wir in die Nacht hinaus. Wir gingen den langen Weg zu Fuß. Wir schwiegen und waren doch voll der Worte. Die Nacht wurde dünn und der Himmel hatte keine Kraft, uns zu schützen. Wir gingen wie auf einen Abgrund zu. Hand in Hand. Bald würden wir hinunterstürzen und im Fallen nacheinander rufen.

Wir würden ewig versuchen uns zu finden.

Wir würden uns wiederfinden.

Ich umarmte Sarah vor dem großen, metallenen Tor und ich schaffte es kaum, mich von ihr zu lösen. Ich machte einen Schritt zurück und noch einen, ging wieder auf sie zu, streckte den Arm aus und berührte sie noch einmal, strich über ihr Gesicht wie ein Blinder.

Nachts lag ich angezogen auf meinem Bett und konnte nicht schlafen. Meine Gedanken, mein Körper mit all seiner Lebendigkeit waren bei Sarah.

Am nächsten Morgen legte ich mechanisch Kleidung, Rasierer, Zahnbürste, Unterwäsche und unnötiges Zeug in meinen großen Rucksack. Hinter mir lag die Wirklichkeit. Das hier machte keinen Sinn. Sie fing mich ein, sobald wir im Taxi zum Flughafen saßen und je-

der gefahrene Kilometer mich weiter von Sarah entfernte. Als ich das Flughafengebäude betrat, begann der Schmerz in der Magengegend. Ich suchte sie. Ich suchte sie, obwohl ich sie gebeten hatte nicht zu kommen.
Ich suchte sie mit den Augen und mit dem Herzen.
Ich antwortete nicht, als meine Eltern mich wiederholt baten, die Flugkarte aus meiner Jeansjacke zu nehmen, um sie bei der Kontrolle vorzuzeigen. Ich hörte nichts.
»Träumst du?«, fragte mein Vater ärgerlich.
»Ja«, sagte ich. Er streckte die Hand aus und ich legte mein Ticket hinein.
Im Flugzeug schloss ich die Augen und flog in die andere Richtung.
Zu Sarah.

Das ist drei Monate her.
Jeden Tag träume ich mich zu ihr hin. Sie kann meine Liebe lesen, auch wenn es manchmal nur drei Worte sind.
Sie schreibt mir, aber ich glaube, sie hat die Sache mit Nadja nicht ganz überwunden. Ihre Briefe sind länger, aber ich vermisse das »Ich liebe dich«.
Ich habe gezählt, wie oft die Liebe, die sie so sehr verstehen wollte, in ihren E-Mails vorkommt.
Neun Mal.
Aber die Liebe kann sich nicht verstecken.
Ich weiß, dass sie da ist.
Zwischen mir und diesem Mädchen, das Sarah heißt.

# Schmetterlinge im Bauch!

Cornelia ist verzweifelt! Nur eine Woche fährt sie in den Ferien weg, schon hat die schreckliche Sofia K. ihre liebreizenden Hände im Spiel und Cornelia Grund zur Eifersucht. Jedenfalls ruft Martin sie kein einziges Mal an. Und wenn Cornelia bei ihm anruft, erwischt sie nur seine Mutter. Das bedeutet nichts Gutes ... Landet Cornelia trotzdem noch auf Wolke Nummer sieben?

Pernilla Oljelund
**Cornelia Karlsson - auf Wolke Nummer sieben**
144 Seiten, ab 12
€ 9,95 / sFr 18,20
ISBN 3-8000-5059-5

# Außen cool ...

Evelyne Stein-Fischer
**Herzsprünge**
192 Seiten
Taschenbuch
ISBN 3-551-36239-4

Eigentlich hat Jenny allen Grund, glücklich zu sein. Sie sieht gut aus, ist beliebt, für jeden Spaß zu haben und eine Menge Jungs interessieren sich für sie. Doch sobald ihr jemand wirklich nahe kommt, zieht sie sich ängstlich zurück.
Das Unverständnis der anderen darüber ist groß, doch niemand ahnt, was damals im Sommer vor zwei Jahren passiert ist.

**CARLSEN**
www.carlsen.de

# Liebeskummer

Saskia van der Wiel
**Küss mich endlich!**
208 Seiten
Taschenbuch
ISBN 3-551-35279-8

Maria ist total verliebt. Aber ausgerechnet in Gijs, ihren besten Freund aus Kindertagen! Doch Gijs hat leider nur Augen für Pam. Auch Marias Freundin Floor ist momentan nicht ansprechbar: Sie ist mit Jim zusammen und der spielt jetzt die erste Geige. Jeder scheint etwas mit jedem zu haben, nur Maria nicht. Da trifft sie den aufregenden Nasser – den Traumtypen schlechthin! Jetzt oder nie, denkt sich Maria, denn Gijs ist für sie ja sowieso unerreichbar oder etwa doch nicht?

www.carlsen.de